尼山丛书
中华蒙学经典音注

孔祥安 武宁 主编

dà shēng dú jīng diǎn

大声读经典

qiān jiā shī

千家诗

孔丽／校注

济南出版社　汉唐书局

图书在版编目（CIP）数据

千家诗 / 孔丽校注. -- 济南：济南出版社，2025.
1. -- (大声读经典). -- ISBN 978-7-5488-6799-9

Ⅰ. I222.72

中国国家版本馆CIP数据核字第2024W436K8号

千家诗

孔　丽　校注

出 版 人　谢金岭
出版统筹　冀瑞雪
责任编辑　孙育臣　张子涵
装帧设计　王铭基

出版发行　济南出版社
地　　　址　山东省济南市二环南路 1 号（250002）
总 编 室　0531-86131715
印　　　刷　山东成信彩印有限公司
版　　　次　2025 年 1 月第 1 版
印　　　次　2025 年 1 月第 1 次印刷
开　　　本　185mm×260mm　16 开
印　　　张　12
字　　　数　163 千字
书　　　号　ISBN 978-7-5488-6799-9
定　　　价　36.00 元

如有印装质量问题 请与出版社出版部联系调换
电话：0531-86131736

中华蒙学经典音注丛书编委会

主　　任　朱瑞显　孔德立

副 主 任　刘续兵　袁汝旭　张新杰

委　　员　（以姓氏笔画为序）

　　　　　孔　丽　孔祥安　刘　琳　刘文剑　汤月娥

　　　　　杨富荣　武　宁　郭　帅

主　　编　孔祥安　武　宁

本书校注　孔　丽

扫码获取

AI 伴学领读员
- 经典朗读书
- 拼音识字课
- 蒙学云书苑

总　序

　　蒙学，一般是指中国古代社会对15岁以下儿童进行的启蒙教育，目的是启迪蒙童、增长知识、提升修养。此外，对蒙学的解释还有两种：一是指蒙童教育的机构、场所，如传统社会的"蒙馆""私塾"等；二是指蒙学教材，历史上产生并流传下来的各类启蒙读物，如《三字经》《百家姓》等。

　　"玉不琢，不成器；人不学，不知义。"中国古代先哲十分重视教育，认为实现国家的稳定发展、繁荣富强，首要任务便是抓好教育，尤其要做好少儿的启蒙教育。孔子作为中国古代最伟大的教育家，首创私学，打破了学在官府的教育垄断，让广大平民子弟有了接受教育的机会；同时他提出"性相近也，习相远也"的教育观点，强调蒙童受教育的重要性和必要性。他认为人的天性没有多大差别，只因个体学习教育的不同，才出现了差异。古人云，"时过然后学，则勤苦而难成"。一个人如果错过学习的最佳时机，学起来不但会很劳苦，而且不易有所成就。那么，无论是社会教育还是个体学习，都应把握住蒙童这一人生的"关键期"。南北朝时期的文学家、教育家颜之推在《颜氏家训》中说："吾七岁时，诵《灵光殿赋》，至于今日，十年一理，犹不遗忘；二十之外，所诵经书，一月废置，便至荒芜矣。"他用自己的读书实践与切身体会，证明了早期教育的重要性。宋代大儒朱熹通过研究古代蒙学教育提出"蒙养弗端，长益浮靡"的观点，认为在儿童时期如果没有打好修养身心的基础，长大以后再弥补就很困难了。他在《大学章句序》中说："人生八岁，则自王公以下，至于庶人之子弟，皆入小学，而教之洒扫、应对、进退之节，礼乐、射御、书数之文；及其十有五年，则自天子之元子、众子，以至公、卿、大夫、元士之适子，与凡民之俊秀，皆入大学，而教之以穷理、正心、修己、治人之道。"这里所说的"小学"，也就是一般意义上的蒙学。其实，对于条件比较殷实的家庭来说，其子弟三岁左右就开始进行蒙学教育；对于帝王子弟以及官宦之家的子弟来说，接受启蒙教育会更早些，接受教育的程度会更高。这就是史书所记载的儿童出生后就开始"保傅之教"，八岁以后则会"出就外傅"。

中国古代蒙学教育历史悠久、源远流长，早在殷周时期的帝王以及贵族子弟就已经接受启蒙教育了。传统蒙学教育经过秦汉、隋唐等时期的不断发展，教学内容、教材编写、教学方法等蒙学体系日趋成熟。迨至宋代，蒙学教育迎来了前所未有的发展，并对此后明清的蒙学教育产生了很大推动与影响。从蒙学教材的发展来看，主要分四个阶段：一是秦汉——蒙学教材的发端时期。这时的蒙学读本以识字为主，辅以品德教育，如秦李斯的《仓颉篇》、汉史游的《急就篇》等。二是魏晋南北朝、隋唐——蒙学教材的发展时期。蒙学读物数量、种类明显增多，不仅产生了周兴嗣编写且影响至今的识字教材《千字文》，还出现了知识和思想教育类教材，以及唐代李翰编撰的典故类蒙学教材《蒙求》等。三是宋明至清中叶——新编蒙学教材的涌现时期。因受科举制度与学校教育的影响，这一时期出现了大量新编蒙学教材，从以传统识字为主，开始转向伦理道德与音韵教育，如伦理道德教材《增广贤文》、诗歌音韵教材《千家诗》、典故类教材《龙文鞭影》等。四是清中叶后——改编和续编蒙学教材的延续时期。对部分传统蒙学教材进行改编、校订或者增加部分内容，有的则予以续编，如改编的《三字经》《百家姓》等，又如续编的《龙文鞭影二集》等。传统蒙学教材的发展可谓中国古代蒙学教育的一个缩影，虽有一定局限性，但基本上反映与体现了传统蒙学教育不断发展与成熟的过程。

传统蒙学教材又称小儿书、蒙养书，是中国古代社会专门为学童编撰或编选的启蒙读物，主要用于小学、私塾、书馆以及家庭对儿童进行启蒙教育。传统蒙学教材大多由不同时代学识渊博的大儒或者知识分子编撰，也有部分是由一些民间宿儒或致仕还乡的有识之士编写整理。传统蒙学教材内容极其丰富，包含识字写字、待人接物、为人处世、修养身心、历史典故等各个方面的文化知识和人文精神，采用韵语、歌诗、对偶等形式，将文化知识与人文精神通俗化、大众化、实用化，让学童读之朗朗上口，易于阅读、背诵和理解；同时还用讲故事的方式启迪教育蒙童，将大道理寓于小故事之中，如《三字经》中的孟母三迁、九龄温席、孔融让梨等传统小故事，不仅增强了蒙童的阅读兴趣，而且可以使蒙童增长知识、明晓事理。

传统蒙学教材一般具有三项功能：一是识字、写字。一般先让蒙童集中识字，为日后阅读文章奠定基础，同时让蒙童用毛笔临摹字帖写字，练习书法，为今后写文章打牢基础。二是读书、做人。蒙童在认识掌握一定数量字词的基础上，通过无数遍的诵读乃至背诵各类蒙学读本，以掌握更多文化知识；同时给予"明人伦"的启蒙，对蒙童进行孝、悌、忠、信、礼、义、廉、耻等伦理观念以及礼仪规范的启蒙教育，以促进个体道德修养的不断提升。三是习韵、作对。通过对声韵格律的启蒙学习，初步掌握作对的技巧，为以后创作诗词、写作文章做好铺垫，为将来步入"大学"学习儒家经典乃至科举考试打下坚实基础。其实，蒙学教育主要以诵读、背诵为主，发挥蒙童记忆力强的优势，追求多积累知识；同时鉴于蒙童理解力差的实际情况，不强调老师指导理解意义，主要是依靠蒙童自己对所学知识进行理解与感悟，讲求"书读百遍，其义自见"。传统解经是十五岁以后的事情，也就是入"大学"以后，在老师指导帮助下理解经义。

"蒙以养正，圣功也。"对蒙童进行启蒙教育，培养纯正无邪的品质，让其摆脱蒙昧，树立人生志向，养浩然正气，走人生正道，这是成就圣人的功业。历代先哲十分重视"蒙以养正"，强调对蒙童进行早期品德教育引导，不仅将其作为蒙童教育的重要经验，而且奉为历代教育的圭臬。如宋代大儒张载认为"蒙以养正"可以"使蒙者不失其正"，又如元代许衡认为蒙童"如不克习于小学，则无以收其放心，养其德性"，这都是在强调对蒙童应做好"明人伦"的启蒙教育，做好文明礼让、崇德向善的道德启蒙，早早地在幼童的心灵深处埋下一颗善的种子。俗话说："三岁看大，七岁看老。"这是人们长期以来所形成的一个共识，恰恰也表明了人们对"蒙以养正"这一问题的高度重视。正如《三字经》开头就讲："人之初，性本善。性相近，习相远。"其实，蒙童养正包括正言、正行、正心等日常礼仪、道德修养的诸多方面，其丰富庞杂的内容都在传统蒙学读物之中。如《增广贤文》中的"责人之心责己，恕己之心恕人""用心计较般般错，退步思量事事宽"，《弟子规》中的"凡出言，信为先""话说多，不如少。惟其是，勿佞巧"等。

习近平总书记强调："人生的扣子从一开始就要扣好。"少年儿童是祖国的未来与希望，只有扣好人生的第一颗扣子、走好人生的第一步，成为一个德才兼备的人，才能肩负起祖国的未来与希望，实现中华民族伟大复兴的中国梦。我们从诸多传统蒙学教材中选取了11部具有典范性且影响较大的蒙学读本，设8个分册，分识字、做人、韵对、典故4个模块，汇编成"中华蒙学经典音注丛书"，目的就是落实习总书记的指示精神，让当今儿童通过尽早阅读传统经典启蒙读物，增长文化知识、了解历史人物故事，为促进身心修养提供有益的帮助与支持。但是也应清楚看到，传统蒙书中有个别描写封建迷信、违背人伦等的思想内容，儿童需在老师、家长的正确引导下，予以彻底摒弃。

本丛书在音注编写过程中，参考了古今学者的大量研究成果，特表谢忱！本丛书若有不当之处，请不吝赐教！

孔祥安

2024年2月

目 录

02

卷二　五言律诗

卷三　七言绝句

卷四　七言律诗

11

导 言

《千家诗》成书于南宋，明清时期逐渐成为蒙学主要读物，不断刊刻，流传极广。在近千年的不断发展中，《千家诗》出现了多个版本，代表性的三个阶段性版本是：刘克庄选编的《分门纂类唐宋时贤千家诗选》，谢枋得、王相选编的《千家诗》和黎恂编辑的《千家诗注》。这三个版本之间既有继承关系，又有创新之处。

现代通用的《千家诗》是谢枋得、王相本。明末清初，启蒙教育家王相对南宋诗人谢枋得选编的《重订千家诗》（皆为七言）加以注解，并选录五绝和五律诗歌，编成《新镌五言千家诗》。后来，坊间将两书合而为一，总称《五七言千家诗》，本书所注音《千家诗》即是这个版本。

《千家诗》虽号称"千家"，实际共收122名诗人的226首诗。其中，唐代诗人65名，宋代诗人53名，明代诗人2名，年代不可考的无名氏2名。这些诗人身份各样，既有身份尊贵的皇亲国戚，也有不见经传的草根诗人；既有赫赫有名的文豪，也有默默无闻的无名氏。《千家诗》所选诗歌大多是名家名篇，如李白的《静夜思》、孟浩然的《春晓》、杜甫的《绝句》、王维的《竹里馆》等，不胜枚举，千百年来流传不朽，可谓家喻户晓，真实反映了唐宋时期诗歌创作的成就。

《千家诗》内容丰富，包括山水景物、思乡怀人、咏物题画、赠送友人、离愁别恨、怀古伤今、侍宴酬唱、忧国忧民等众多方面，富有生活气息，广泛地再现了唐宋时期的社会面貌。《千家诗》题材多样，既有山水诗、田园诗、咏物诗、怀古诗、闺怨诗、送别诗，又有讽喻诗、哲理诗、应制诗等。诗篇按照春夏秋冬四季编排，呈现出一年的自然风貌、社会风情。

　　《千家诗》是五、七言近体诗，其中五言绝句39首、五言律诗45首、七言绝句94首、七言律诗48首。这些诗歌篇幅短小，通俗易懂，易于记诵，富有音韵美感，非常适合儿童朗读学习、记忆背诵。于是，《千家诗》作为诗歌启蒙读物，成为古代学堂私塾的重要蒙学教材。它既具有识字功效，可以培养语感，奠定诗歌韵律、语言学习、诗词写作的基础，又具有重要的教化功能。《千家诗》不仅让蒙童在诵读中潜移默化地提升认知、体验情感、陶冶性情、开阔视野，而且可以为将来参加科举打下根基，深受蒙童欢迎。

　　《千家诗》虽是蒙学读物，也受到众多成年诗歌爱好者的广泛喜爱。它深入到广大文人的生活中，成为娱乐休闲、日常生活的一部分。饮酒宴会时，人们会引用其中的诗句作酒令，以传心意，以示才华。在市井街坊，人们会据《千家诗》中的诗句意境作画，或装饰彩灯，或画于扇面，别有一番风趣。

　　时至今日，《千家诗》作为中国优秀传统文化的重要组成部分，不仅是诗歌学习的启蒙教材，也是启迪智慧的有趣读本，仍然深受广大读者的喜爱。诵读《千家诗》，既能提升诵读能力和语感韵律，又能增长知识、陶冶情操，还能提高理解力、记忆力和想象力，为读者进入广阔的社会生活打下认知基础，提供思想准备。总之，"熟读唐诗三百首，不会作诗也会吟"，诵读《千家诗》不失为提升诗歌素养、文化底蕴的有效途径，是陶情冶性、扩充知识的重要载体。

　　本书对《千家诗》诗篇加注了规范的汉语拼音，解决了古诗中多音字、偏僻字等读音问题，并在注释中注明了古音读法，易于大声诵读。而且，笔者对诗篇作者、疑难字词及句中典故等加以注释说明，以期读者对诗篇内容有全面认识和深入理解。为便于读者由浅入深、循序渐进地诵读，本书对谢王《五七言千家诗》的诗篇顺序略加变动，按照五言绝句、五言律诗、七言绝句、七言律诗的次序排列。在校对文字、标注读音、注释字词及作者简介方面，本书尽可能汲取了多个版本的研究成果，不当之处，敬请指正。

孔　丽

2024年3月

五言绝句

卷一

春　晓①

孟浩然②

春眠不觉晓，处处闻啼鸟。③

夜来风雨声，花落知多少。

访袁拾遗不遇④

孟浩然

洛阳访才子，江岭作流人。⑤

闻说梅花早，何如北地春。⑥

---

① 晓：天亮。

② 孟浩然，本名浩，字浩然，襄州襄阳（今湖北襄阳）人。唐代著名诗人。他的诗歌以五言诗为主，多写山水田园、行旅见闻、隐逸生活等内容，清淡自然，开盛唐山水田园诗派先声。与王维齐名，世称"王孟"。

③ 不觉：不知不觉。　晓：天亮了。　处处：时时。　闻：听到。　啼鸟：鸟叫声。

④ 诗题一作《洛中访袁拾遗不遇》。　袁拾遗：袁瓘，诗人好友。拾遗，官名。

⑤ 才子：富有才华的人。这里指袁拾遗。　流人：因罪被流放的人。

⑥ 梅花早：梅花开得早。　何如：怎比得上。　北地：一作"此地"。这里指洛阳。

送郭司仓①

王昌龄②

映门淮水绿，留骑主人心。③

明月随良掾，春潮夜夜深。④

洛阳道⑤

储光羲⑥

大道直如发，春来佳气多。⑦

五陵贵公子，双双鸣玉珂。⑧

---

① 郭司仓：作者的朋友。司仓，官名，是管理仓库的官。
② 王昌龄，字少伯，盛唐著名诗人。京兆万年（今陕西西安）人。世称王江宁或王龙标。
  他擅长七绝，被誉为"七绝圣手"。
③ 留骑：留下客人的坐骑，留客的意思。骑，坐骑，旧读 jì。
④ 良掾：好官。这里指郭司仓。掾，官名，古代府、州、县属官的通称。
⑤ 本诗是《洛阳道五首献吕四郎中》组诗的第三首。
⑥ 储光羲，唐代诗人，润州延陵（今江苏丹阳）人，一说祖籍兖州（今属山东）。他以
  描写田园山水著名，诗多为五言。
⑦ 大道：宽阔的道路。　直如发：像头发一样直，形容道路平整。　佳气：温暖晴朗的
  天气。
⑧ 五陵：在长安附近，因汉高祖、惠帝、景帝、武帝、昭帝五帝王葬于此而得名。这里
  泛指权贵人家。　双双：指成群结队。　玉珂：马笼头上玉制的装饰物，随马的行走
  发出响声。

独坐敬亭山^①

李白^②

众鸟高飞尽，孤云独去闲。^③

相看两不厌，只有敬亭山。^④

登鹳雀楼^⑤

王之涣^⑥

白日依山尽，黄河入海流。^⑦

欲穷千里目，更上一层楼。^⑧

---

① 敬亭山：一名昭亭山，在今安徽省宣城北。

② 李白，字太白，号青莲居士，祖籍陇西成纪（今甘肃静宁），一说生于绵州昌隆（今四川江油），一说生于中亚碎叶，唐代著名诗人，被誉为"诗仙"。他的诗歌飘逸洒脱、想象丰富、语言奇妙，富有浪漫主义色彩。

③ 高飞尽：高飞远去，消失在天际。 孤云：片云。 闲：缓慢悠闲的样子。

④ 两不厌：诗人与山互不厌烦，情意相随，采用了拟人的手法。 只有：一作"唯有"。

⑤ 鹳雀楼：又名鹳雀楼，旧址在蒲州（今山西永济）西南城上，因常有鹳雀栖息其上得名。

⑥ 王之涣，字季陵，并州晋阳（今山西太原）人，盛唐著名诗人。其诗多以边塞生活为题材，迄今存诗六首，艺术成就很高。

⑦ 白日：太阳。 依：依傍。 入海流：流入大海。在鹳雀楼上看不到海，这是诗人想象的画面。

⑧ 欲：想要。 穷：穷尽。 千里：表示很远的地方。

观永乐公主入蕃①

孙逖②

边地莺花少，年来未觉新。③

美人天上落，龙塞始应春。④

春怨⑤

金昌绪⑥

打起黄莺儿，莫教枝上啼。⑦

啼时惊妾梦，不得到辽西。⑧

---

① 诗题一作《同洛阳李少府观永乐公主入蕃》。　永乐公主：东平王李续外孙杨元嗣之
女，开元五年（717年）嫁给契丹王李失活。　入蕃：帝王宗室女子出嫁外蕃。蕃，
古代称少数民族为蕃，此处指契丹。
② 孙逖（tì），潞州涉县（今河北涉县）人，一说博州武水（今山东聊城）人。唐代诗人。
③ 边地：边塞。　莺花少：莺鸟、春花少见。　年来：新春到来。　未觉：没有察觉。
④ 美人：这里指永乐公主。　龙塞：边塞龙城。这里指契丹王所居之地。　应春：有春
天景象。
⑤《全唐诗》《唐诗三百首》题为《春怨》。《千家诗》旧本题作《伊州歌》，作者是
盖（gě）嘉运。
⑥ 金昌绪，生卒年不详，余杭（今浙江杭州）人。唐代诗人。《全唐诗》存其诗一首。
⑦ 打起：赶走。　莫：不。　教：让。
⑧ 妾：古代女子的谦称。　辽西：辽河以西的地方。这里指女主人公思念之人所在地。

左掖梨花①

丘为②

冷艳全欺雪，余香乍入衣。③

春风且莫定，吹向玉阶飞。④

思君恩

令狐楚⑤

小苑莺歌歇，长门蝶舞多。⑥

眼看春又去，翠辇不曾过。⑦

---

① 左掖：即门下省，唐代官署，因在皇宫左侧，故称"左掖"。
② 丘为，嘉兴（今浙江嘉兴）人。唐代诗人。著有《丘为集》，诗多写田园风光。
③ 冷艳：形容梨花高傲艳丽，若有寒意。 欺：胜过，超过。 乍：刚刚。
④ 莫定：不要停息。 玉阶：玉石台阶。这里特指皇宫。
⑤ 令狐楚，字壳士，自号白云孺子，宜州华原（今陕西铜川）人。唐代诗人，晚年常与
   刘禹锡、白居易等唱和。
⑥ 小苑：皇宫中的小园林。 歇：停止。 长门：长门宫，汉宫名。西汉武帝陈皇后失
   宠曾经贬居这里，后指失宠妃子所居的内宫。
⑦ 翠辇：皇帝的车驾。 过：经过。

题袁氏别业①

贺知章②

主人不相识，偶坐为林泉。③

莫谩愁沽酒，囊中自有钱。④

夜送赵纵⑤

杨炯⑥

赵氏连城璧，由来天下传。⑦

送君还旧府，明月满前川。⑧

---

① 别业：别墅。
② 贺知章，字季真，晚号四明狂客，越州永兴（今浙江萧山）人。唐代诗人，他与包融、张旭、张若虚并称为"吴中四士"。
③ 主人：指别墅的主人。　偶坐：偶然小坐。　林泉：山林与泉水。
④ 谩：通"慢"，怠慢，轻视。　沽：买。
⑤ 赵纵：诗人的朋友。
⑥ 杨炯，陕西华阴人。唐代诗人，他善写边塞诗。他与王勃、卢照邻、骆宾王合称"初唐四杰"。
⑦ 连城璧：价值连城的玉。这里指赵纵是宝贵的人才。《史记·廉颇蔺相如列传》记载，赵惠文王得到楚和氏璧，秦昭王愿意拿15座城池交换。故名"连城璧"。　由来：从来。　传：闻名。
⑧ 还旧府：指赵纵回老家。　川：平原，平地。

竹里馆① zhú lǐ guǎn

王维②

独坐幽篁里，弹琴复长啸。③
dú zuò yōu huáng lǐ，tán qín fù cháng xiào

深林人不知，明月来相照。
shēn lín rén bù zhī，míng yuè lái xiāng zhào

送朱大入秦④ sòng zhū dà rù qín

孟浩然

游人五陵去，宝剑值千金。⑤
yóu rén wǔ líng qù，bǎo jiàn zhí qiān jīn

分手脱相赠，平生一片心。⑥
fēn shǒu tuō xiāng zèng，píng shēng yí piàn xīn

13

---

① 竹里馆：王维建在辋川的别馆。
② 王维，字摩诘，祖籍山西祁县，后迁至蒲州（今山西永济）。唐朝诗人，他擅长绘画，是山水田园诗派的代表人物。他笃信佛教，有"诗佛"之称。
③ 幽篁：幽深的竹林。篁，竹林。　复：又。　长啸：撮口发出长而清晰的声音。这里指吟咏、歌唱。
④ 朱大：诗人的朋友。　秦：指长安。
⑤ 游人：游子。这里指朱大。　五陵：指长安。　值千金：价值千金，比喻特别珍贵。一作"直"。
⑥ 分手：分别。　脱：脱下，摘下。　平生：平素，平时。

长干行 ①

崔颢 ②

君家何处住？妾住在横塘。③

停船暂借问，或恐是同乡。④

咏史 ⑤

高适 ⑥

尚有绨袍赠，应怜范叔寒。⑦

不知天下士，犹作布衣看。⑧

---

① 诗题一作《长干曲》，乐府杂曲歌词名。　长干：长干里，在今江苏南京秦淮河畔，是古时送别之地。

② 崔颢（hào），汴州（今河南开封）人。唐代诗人。

③ 君：敬称，您。　横塘：地名，在南京秦淮河南岸，靠近长干里。

④ 借问：请问。　或恐：恐怕是，可能是。

⑤ 咏史：借史咏怀，托古喻今。

⑥ 高适，字达夫，渤海蓨（今河北景县）人。盛唐边塞诗人的杰出代表，他与岑参合称"高岑"。著有《高常侍集》，其诗感情深挚、语言端直、雄健豪迈。

⑦ 绨袍：用丝做的衣服。　范叔：范雎，字叔，战国时魏国人。他曾被须贾陷害，后在秦国做宰相。知须贾来秦，范雎伪装成穷人与之相见，须贾可怜他赠他绨袍，范雎念绨袍之情，便没有杀他。

⑧ 天下士：天下杰出的人才。士，古代读书人的通称。　犹：还。　布衣：平民百姓。看，按照音律，旧读 kān。

14

罢相作①

李适之②

避贤初罢相，乐圣且衔杯。③

为问门前客，今朝几个来？④

逢侠者⑤

钱起⑥

燕赵悲歌士，相逢剧孟家。⑦

寸心言不尽，前路日将斜。⑧

---

① 罢相作：被罢免丞相职位后作的诗歌。
② 李适之，一名昌，陇西成纪（今甘肃秦安）人。玄宗朝他曾任左相。他爱好饮酒作诗，与贺知章、李琎、李白、张旭等人，并称"饮中八仙"。
③ 避贤：避位让贤。李适之曾任左相，后遭李林甫算计，失去相位。这里是讽刺的手法。　乐圣：古人有以清酒为圣人、以浊酒为贤人的说法。此处指爱好喝酒。　衔杯：喝酒。
④ 为问：询问。　门前客：任丞相时登门拜访的宾客。
⑤ 侠者：侠客，豪侠仗义之士。
⑥ 钱起，字仲文，吴兴（今浙江湖州）人。唐代诗人，"大历十才子"之一。诗多应景献酬之作。《全唐诗》存其诗四卷。
⑦ 燕赵：战国时期两个诸侯国，多出豪侠，位于今河北省一带。　悲歌士：慷慨悲歌的侠客。　剧孟：西汉侠士，洛阳人。
⑧ 寸心：因心位于胸中方寸间，故称。这里指倾心交谈。　斜：古音读 xiá。

江行望匡庐①

钱珝②

咫尺愁风雨，匡庐不可登。③

只疑云雾窟，犹有六朝僧。④

答李浣⑤

韦应物⑥

林中观《易》罢，溪上对鸥闲。⑦

楚俗饶词客，何人最往还？⑧

---

① 《江行无题一百首》之一。　匡庐：即庐山，在今江西省境内。传说西周匡俗兄弟七人在此结庐而居，故名匡庐。

② 钱珝（xǔ），生卒年不详，字瑞文，吴兴（今浙江湖州）人。唐代诗人。一说作者为"钱起"。

③ 咫尺：比喻距离很近。咫，古代长度单位，八寸为一咫。

④ 疑：猜想。　云雾窟：云雾笼罩的山洞。　六朝：建都于建康（今江苏南京）的东吴、东晋、宋、齐、梁、陈六个朝代。六朝时，佛教盛行，很多名山上建有寺庙。

⑤ 李浣：诗人朋友，在楚地为官时曾写诗赠韦应物，韦应物写此诗作为酬答。

⑥ 韦应物，京兆长安（今陕西西安）人。唐代著名山水田园诗人。

⑦ 观《易》：观看《易经》。《易经》，儒家经典著作之一。　罢：完毕。　溪上：溪边。

⑧ 楚俗：楚地的习俗风气。　饶：多。　词客：诗人。　最往还：交往最多。往还，朋友间交往。

秋风引 ①

刘禹锡 ②

何处秋风至，萧萧送雁群。③
朝来入庭树，孤客最先闻。④

秋夜寄丘员外 ⑤

韦应物

怀君属秋夜，散步咏凉天。⑥
山空松子落，幽人应未眠。⑦

---

① 秋风引：一种乐府琴曲歌词。
② 刘禹锡，字梦得，洛阳（今河南洛阳）人，一说彭城（今江苏徐州）人。唐代诗人、文学家、哲学家。
③ 何处：什么地方。　萧萧：形容风吹树木的声音。
④ 入庭树：吹动庭院中的树木。　孤客：孤独的异乡人。这里指作者自身。　闻：听到，听说。
⑤ 诗题一作《秋夜寄丘二十二员外》。　丘员外：即丘丹，诗人丘为的弟弟。
⑥ 怀君：怀念您。　属：正值。　咏：歌咏，咏颂。　凉天：秋天。
⑦ 山空：一作"空山"。　幽人：隐士。这里指丘丹。

秋 日

耿沣[1]

返照入闾巷，忧来谁共语？[2]

古道少人行，秋风动禾黍。[3]

秋 日 湖 上[4]

薛莹[5]

落日五湖游，烟波处处愁。[6]

浮沉千古事，谁与问东流？[7]

---

① 耿沣（wéi），生卒年不详，字洪源，河东（今山西永济）人。唐代诗人，"大历十才子"之一。其诗不雕琢，风格自成一家。

② 返照：落日余晖，夕阳斜照。 闾巷：街道、巷弄。 忧来：一作"愁来"。 谁共：一作"与谁"。

③ 古道：古老、荒僻的道路。 禾黍：谷子、小米等农作物，泛指庄稼。这里借用《诗经·王风·黍离》中的典故，表达了对兴亡成败的感慨。

④ 湖：和文中的"五湖"均指太湖。

⑤ 薛莹，生卒年不详。唐代诗人。有《洞庭集》一卷。

⑥ 烟波：烟雾笼罩的湖面。

⑦ 浮沉：指国家的胜败兴亡。 谁与：何必。

宫中题

李昂①

辇路生秋草，上林花满枝。②

凭高何限意，无复侍臣知。③

寻隐者不遇④

贾岛⑤

松下问童子，言师采药去。⑥

只在此山中，云深不知处。⑦

---

① 李昂，唐朝文宗帝，穆宗第二子。他喜好作诗，诗风清俊。

② 辇路：辇道，宫中专供帝王车驾行走的道路。 上林：秦汉时宫苑，故址在今陕西西安。这里指皇家园林。

③ 凭高：登高远望。 何限意：无限心意。 无复：不让。 侍臣：贴身侍从。

④ 寻：寻访。 隐者：隐居在山林中的人，一般指贤士。 不遇：没有遇到。

⑤ 贾岛，字浪仙，唐代诗人，范阳（今河北涿州）人。他早年为僧人，后还俗为官。他诗风清苦，刻意求工。他与孟郊齐名，人称"郊寒岛瘦"。

⑥ 童子：小孩。这里指"隐者"的弟子。 言：说，回答。

⑦ 云深：山上云雾浓厚。 不知处：不知道在什么地方。

汾上惊秋①

苏颋②

北风吹白云，万里渡河汾。③
心绪逢摇落，秋声不可闻。④

蜀道后期⑤

张说⑥

客心争日月，来往预期程。⑦
秋风不相待，先至洛阳城。⑧

① 汾上：汾河上。汾河为黄河支流，流经山西。
② 苏颋（tǐng），字廷硕，唐代诗人，京兆武功（今陕西武功）人。他能诗善文，诗文韵味深醇。
③ 河汾：即汾河。这里指汾河流入黄河的入河口。河，即黄河。
④ 心绪：心境、心情。 逢：遇到。 摇落：树叶凋落。这里指秋天。 不可闻：不愿听。
⑤ 蜀：今四川一带。 后期：耽误日期，晚于规划的时间。
⑥ 张说（yuè），字道济，一字说之，洛阳（今河南洛阳）人。唐朝诗人。他擅长文辞，官至尚书右丞相。
⑦ 客心：客居他乡之人的心情。 争日月：同时间竞争，抢时间。日月，指时间。 预期程：预先规划路途所需的时间。
⑧ 不相待：不肯等待。 至：到。

静夜思①

李白

床前明月光，疑是地上霜。②

举头望明月，低头思故乡。③

秋浦歌④

李白

白发三千丈，缘愁似个长。⑤

不知明镜里，何处得秋霜？⑥

---

① 静夜思：寂静夜晚对家乡的思念。
② 疑：好像，疑心。
③ 举头：抬头。　望：一作"看"。　明：一作"山"。
④《秋浦歌》是李白再游秋浦时创作的一组诗，共十七首，这是第十五首。　秋浦：唐时县名，在今安徽贵池，境内有秋浦湖。
⑤ 缘：因为，由于。　个：如此，这般。
⑥ 何处：何时。　秋霜：这里指白发。

赠乔侍御^①

陈子昂^②

汉廷荣巧宦，云阁薄边功。^③

可怜骢马使，白首为谁雄？^④

答武陵太守^⑤

王昌龄

仗剑行千里，微躯敢一言。^⑥

曾为大梁客，不负信陵恩。^⑦

22

---

① 诗题一作《题祁山烽树赠乔十二侍御》。 乔侍御：诗人乔知之，作者友人。侍御，
官名，是检察之职。

② 陈子昂，字伯玉，梓州射洪（今四川射洪）人。唐代诗人。他推崇汉魏风骨，反对六
朝以来的绮丽诗风，是唐诗文革新的先驱。

③ 汉廷：汉代朝廷。这里借指唐朝。 荣：荣宠。 巧宦：善于玩弄权术的官员。 云阁：
云台和麒麟阁，是汉代悬挂名将功臣画像的地方。 薄：看不起。 边功：守卫边疆
所立下的功劳。

④ 可怜：可叹。 骢马使：汉代桓典，有威名，常骑骢马，人称骢马御史。这里借指乔
知之。 白首：白头。 为谁雄：为谁而称雄，即一片雄心无法舒展。

⑤ 诗题一作《答武陵田太守》。 答：回复、回信。 武陵：在今湖南常德。 太守：
唐代郡的最高行政长官。

⑥ 仗剑：拿着剑。 微躯：微贱的躯体，诗人自谦。 敢：冒昧。

⑦ 大梁客：原指战国时信陵君的门客。此处指诗人自己。大梁，战国时魏国都城（今河
南开封）。 不负：不辜负。 信陵：信陵君无忌。这里指武陵太守。

行军九日思长安故园[①]

岑参[②]

强欲登高去，无人送酒来。[③]

遥怜故园菊，应傍战场开。[④]

婕妤怨[⑤]

皇甫冉[⑥]

花枝出建章，凤管发昭阳。[⑦]

借问承恩者，双蛾几许长？[⑧]

23

---

① 九日：九月九日重阳节。 故园：故乡。

② 岑参，原籍南阳（今属河南），后迁居江陵（今湖北荆州）。盛唐边塞诗派代表人物。
他与高适齐名，并称"高岑"。

③ 强：勉强。 登高：旧时重阳节有登高风俗。 送酒：这里借用陶渊明典故。重阳节
时，陶渊明没有酒，空坐菊花丛中，太守王弘知道后，派人送酒赠予。

④ 怜：怜惜。 傍：挨着，靠近。

⑤ 婕妤怨：乐府旧题。婕妤，妃嫔称号。这里指汉成帝妃子班婕妤，失宠后曾写《怨歌
行》（又作《怨诗》），抒发心中苦闷与忧愤之情。

⑥ 皇甫冉，字茂政，润州丹阳（今江苏丹阳）人。唐代诗人，"大历十才子"之一。其
诗清新飘逸，为人所重。

⑦ 花枝：美人。这里指得宠的嫔妃。 出：出现，显露。 建章：汉宫殿名，在未央宫
西。 凤管：笙箫，泛指音乐。

⑧ 承恩：受皇帝的宠爱。 双蛾：古代称女子眉毛为蛾眉，并以细长为美。 几许：几多。

题竹林寺①

朱放②

岁月人间促，烟霞此地多。③

殷勤竹林寺，更得几回过。④

三闾庙⑤

戴叔伦⑥

沅湘流不尽，屈子怨何深。⑦

日暮秋风起，萧萧枫树林。⑧

---

① 竹林寺：寺名，在江西庐山仙人洞旁，为晋代竹林七贤游赏之处。一说在江苏镇江。
② 朱放，字长通，襄州襄阳（今湖北襄阳）人。唐代诗人。其诗风度清越，多写隐居生活。
③ 岁月：时光。　促：短促，短暂。　烟霞：烟雾云霞，泛指山水景物。
④ 殷勤：流连眷恋之情。　更得：再得。更，一作"能"。　过：访问。
⑤ 诗题一作《过三闾庙》，又作《过三闾大夫庙》。　三闾庙：奉祀春秋时楚国三闾大夫屈原的庙宇，故址在今湖南汨罗。
⑥ 戴叔伦，字幼公，一字次公，润州金坛（今江苏金坛）人。唐代诗人，"大历十才子"之一。其诗以反映农村生活见长。
⑦ 沅湘：湖南的沅江与湘江。　屈子：屈原的尊称。　怨：哀怨。　何深：何其深，多么深。
⑧ 日暮：日落。　萧萧：树叶飘落声。

易 水 送 别 ①

骆宾王②

此地别燕丹，壮士发冲冠。③

昔时人已没，今日水犹寒。④

别 卢 秦 卿 ⑤

司空曙⑥

知有前期在，难分此夜中。⑦

无将故人酒，不及石尤风。⑧

---

① 诗题一作《于易水送人》。 易水：又称易河，发源于河北省易县。战国时，荆轲曾
　与燕太子丹在此告别，并吟诵："风萧萧兮易水寒，壮士一去兮不复还！"
② 骆宾王，字观光，婺州义乌（今浙江义乌）人。唐代诗人，他与王勃、杨炯、卢照邻
　合称"初唐四杰"。
③ 燕丹：燕国的太子丹。 壮士：指荆轲。 发冲冠：愤怒时头发直竖，将帽子顶起来。
　冠，帽子。
④ 没：同"殁"，死亡，消亡。 犹：还。
⑤ 诗题一作《留卢秦卿》。 卢秦卿：诗人朋友。
⑥ 司空曙，字文明，一字文初，广平（今河北永年）人。唐代诗人，"大历十才子"之
　一。其诗多写自然景色、乡旅情思，"婉雅闲淡，语近性情"。
⑦ 前期：前约，约定以后见面的时间。 难分：难分难舍。
⑧ 无将：不要用。 故人：老朋友。 不及：不如。 石尤风：逆风，打头风。《江湖
　纪闻》记：一石姓女子嫁给一尤姓商人后，因丈夫一直在外经商，忧郁成疾，临死前
　叹息："没有阻止他出去，是终生遗憾！今后若有商船远行，我定会化为大风阻止。"

答人^①

dá rén

太上隐者^②

偶来松树下，
ǒu lái sōng shù xià

高枕石头眠。^③
gāo zhěn shí tóu mián

山中无历日，
shān zhōng wú lì rì

寒尽不知年。^④
hán jìn bù zhī nián

① 答人：太上隐者回答别人问话而作的诗。
② 太上隐者，生卒年不详。唐代诗人，他隐居于终南山，自称太上隐者。
③ 偶：偶然。　高枕眠：枕着高枕头睡觉，安卧无事。
④ 历日：日历。　寒尽：寒冷的冬天已尽。　不知年：不知何年何月。

五言律诗

卷二

幸蜀回至剑门①

李隆基②

剑阁横云峻，銮舆出狩回。③

翠屏千仞合，丹嶂五丁开。④

灌木萦旗转，仙云拂马来。⑤

乘时方在德，嗟尔勒铭才。⑥

29

---

① 幸蜀：驾临蜀中。幸，古代皇帝到某处称为"幸"。蜀，即四川。　剑门：又名剑阁，
在今四川，得名于剑门山，关口险峻。
② 李隆基，即唐玄宗，又称唐明皇，文治武功皆有成就。他在位前期开创了唐朝盛世局
面，后期纵情声色，终爆发安史之乱，唐朝由盛转衰。他多才多艺，精通音律。
③ 横云峻：形容剑门极高，像横卧的云彩一样高峻。　銮舆：皇帝的车驾。銮，皇帝所
乘马车上装饰的铃铛。　出狩：皇帝到外地巡视称出狩。这是对李隆基出逃的一种委
婉说法。
④ 翠屏：绿色的屏风。　千仞：形容山很高。仞，古时长度单位，约八尺为一仞。　丹
嶂：赤红色的陡峭山崖。嶂，形容山崖像屏般直立。　五丁：传说中开凿蜀道的五个
大力士，后指代功勋卓越的将士。
⑤ 萦：萦绕。　仙云：指山上的雾气如仙境之云。　拂马：掠过马的身体。
⑥ 乘时：乘机，顺应时势。　嗟尔：赞叹你们。　勒铭才：刻石记功之才。

和晋陵陆丞早春游望①

和晋陵陆丞早春游望①

杜审言②

独有宦游人，偏惊物候新。③

云霞出海曙，梅柳渡江春。④

淑气催黄鸟，晴光转绿蘋。⑤

忽闻歌古调，归思欲沾巾。⑥

30

---

① 诗题一作《和晋陵陆丞相早春游望》。 和：应和。 晋陵：县名，在今江苏常州。 陆
丞：即陆元方，任晋陵县丞时写了《早春游望》一诗，杜审言作此诗唱和。
② 杜审言，字必简，祖籍襄阳（今湖北襄阳），后迁居巩县（今河南巩义）。唐代诗人，
他精于律诗，格律严谨，为唐代近体诗奠基人之一。
③ 宦游人：离家在外做官的人。 偏：尤其。 物候：自然界随季节变化呈现的景象。
④ 海曙：海边曙光。
⑤ 淑气：暖和的天气。 绿蘋：浮萍。
⑥ 古调：古时的曲调。这里即指陆丞所作《早春游望》。 沾巾：流泪。巾，一作
"襟"。

蓬莱三殿侍宴奉敕咏终南山①

杜审言

北斗挂城边，南山倚殿前。②

云标金阙迥，树杪玉堂悬。③

半岭通佳气，中峰绕瑞烟。④

小臣持献寿，长此戴尧天。⑤

---

① 蓬莱三殿：唐大明宫中的蓬莱、紫宸和含元三殿。　侍宴：陪侍皇帝宴乐。　奉敕：
奉皇帝之命作诗。敕，古代帝王的诏命。　终南山：位于今陕西西安南，是秦岭的狭
义之称。

② 北斗：北斗七星。　南山：终南山。

③ 云标：云端。　金阙：天子居住的宫殿。　迥：远。　杪：树梢。　玉堂：宫殿的美
称。　悬：挂。

④ 半岭：半山腰。　佳气：美好清新的气象。　瑞烟：吉祥的烟气。瑞，吉祥。

⑤ 小臣：诗人对自己的谦称。　持：持酒。　献寿：祝寿。　戴尧天：头顶尧帝之天，比
喻生活在太平盛世。尧，古代贤君。

春夜别友人 ①

陈子昂

银烛吐清烟，金尊对绮筵。②

离堂思琴瑟，别路绕山川。③

明月隐高树，长河没晓天。④

悠悠洛阳道，此会在何年？⑤

---

① 《春夜别友人》共两首，此为第一首。

② 尊：通"樽"，酒杯。　绮筵：精美丰盛的酒宴。

③ 离堂：分别的厅堂。　琴瑟：两种乐器。这里指朋友宴饮之乐。　别路：分别之后的路。

④ 隐高树：一作"悬高树"。　长河：银河。　没晓天：天明时隐没。

⑤ 悠悠：漫长，遥远。　道：一作"去"。　此会：这样的聚会。

长宁公主东庄侍宴①

李峤②

别业临青甸，鸣銮降紫霄。③

长筵鹓鹭集，仙管凤凰调。④

树接南山近，烟含北渚遥。⑤

承恩咸已醉，恋赏未还镳。⑥

---

① 诗题一作《侍宴长宁公主东庄应制》。　长宁公主：唐中宗与韦后之女。　东庄：长宁公主的别墅。
② 李峤，字巨山，赵州赞皇（今河北）人。唐代诗人，其诗多咏物之作。
③ 别业：这里指东庄别墅。　青甸：青绿的城郊外。　鸣銮：装在轭首或车衡上的铜铃。此处指皇帝的车驾。　紫霄：本指云霄。这里指皇帝的官殿。
④ 长筵：排成长列的宴席，形容酒席排场大。　鹓鹭：两种鸟，群飞而有序。这里比喻班行有序的朝官。　仙管：优美的音乐。　凤凰调：如同凤凰鸣叫般优美的曲调。
⑤ 南山：终南山。　北渚：北面的水。此处指渭水。渚，水中陆地。
⑥ 承恩：承受恩泽。　咸：都。　恋赏：留恋玩赏。　未：没有。　还镳：车马返回。镳，马嚼子。此处指马。

恩赐丽正殿书院宴应制得林字①

张说

东壁图书府，西园翰墨林。②

诵《诗》闻国政，讲《易》见天心。③

位窃和羹重，恩叨醉酒深。④

载歌春兴曲，情竭为知音。⑤

---

① 诗题一作《恩制赐食于丽正殿书院宴赋得林字》。 丽正殿书院：即丽正书院，由唐玄宗创立，是中央掌管、校理书籍之处。 制：古代皇帝的命令为制。 得林字：以"林"为诗的韵脚。

② 东壁：星宿名，相传主管文人与文章。 西园：三国曹丕召集文人赋诗吟咏之所。 翰墨林：文人墨客众多。此处的"东壁"与"西园"都指丽正书院。

③《诗》：《诗经》。 闻：听到。 《易》：《易经》。 天心：天道。

④ 位窃：窃居高位，是诗人自谦之辞。 和羹：调和汤羹，比喻辅佐皇帝处理朝政。 恩叨：受到恩典。

⑤ 载：一作"缓"，就。 春兴曲：充满春意的曲子。这里指本诗。 情竭：竭尽所能。知音：知遇，此处指唐玄宗。

送友人
sòng yǒu rén

李白

qīng shān héng běi guō　　bái shuǐ rào dōng chéng
青山横北郭，白水绕东城。①

cǐ dì yì wéi bié　　gū péng wàn lǐ zhēng
此地一为别，孤蓬万里征。②

fú yún yóu zǐ yì　　luò rì gù rén qíng
浮云游子意，落日故人情。③

huī shǒu zì zī qù　　xiāo xiāo bān mǎ míng
挥手自兹去，萧萧班马鸣。④

① 横：绵延。　郭：古代外城墙为郭。　白水：清澈的河水。
② 一：一旦。　为别：告别。　蓬：蓬草，指漂泊在外的人。　征：远行。
③ 游子：友人。　故人：老朋友。这里是诗人自称。
④ 兹：这里。　去：离开。　萧萧：马的嘶叫声。　班马：离群的马。班，离别。

送友人入蜀

李白

见说蚕丛路，崎岖不易行。①

山从人面起，云傍马头生。②

芳树笼秦栈，春流绕蜀城。③

升沉应已定，不必问君平。④

① 见说：听说。　蚕丛路：入蜀的道路。蚕丛，古蜀国国王，借指蜀地。　崎岖：道路高低不平。
② 起：突兀而起。　傍：依傍。
③ 芳树：开着香花的树木。　笼：笼罩。　秦栈：由秦入蜀的栈道。　春流：春江水流。
④ 升沉：进退沉浮。这里指仕途上的升降。　君平：西汉严遵，字君平，隐居在成都，以占卜为业。

次北固山下①

王湾②

客路青山外，行舟绿水前。③

潮平两岸阔，风正一帆悬。④

海日生残夜，江春入旧年。⑤

乡书何处达？归雁洛阳边。⑥

---

① 诗题一作《江南意》。 次：停宿。 北固山：在今江苏镇江北，临长江。
② 王湾，洛阳人。唐代诗人，他博学工诗。其诗多咏江南山水。
③ 客路：旅人前行的道路。 青山外：一作"青山下"。青山，指北固山。
④ 潮平：上涨的潮水与岸边齐平。 两岸阔：一作"两岸失"，两岸之间水面宽阔。 风正：顺风。 悬：挂。
⑤ 海日：海上升起的旭日。 残夜：夜将尽之时。 江春：江上的春天。 入旧年：指节令交替。
⑥ 乡书：家书。 何处达：寄往哪里。 归雁：古时有用大雁传递书信的说法。

苏氏别业^①

祖咏^②

别业居幽处，到来生隐心。^③

南山当户牖，沣水映园林。^④

竹覆经冬雪，庭昏未夕阴。^⑤

寥寥人境外，闲坐听春禽。^⑥

---

① 别业：别墅。

② 祖咏，唐代诗人，洛阳（今属河南）人。其诗多写山水风光、隐逸生活，语言简洁，淡雅别致。

③ 幽处：幽深僻静的地方。　隐心：归隐之心。

④ 南山：钟南山。　当：对着。　户牖：门和窗。　沣水：河名，渭水支流。

⑤ 竹覆经冬雪：竹子被冬天的积雪覆盖。　未夕：未到黄昏。　阴：天色昏暗。

⑥ 寥寥：幽静，了无人迹。　人境：尘世。　春禽：春鸟。此处指鸟的鸣叫。

春 宿 左 省 ①
chūn sù zuǒ shěng

杜甫 ②

花隐掖垣暮，啾啾栖鸟过。③
huā yǐn yè yuán mù   jiū jiū qī niǎo guò

星临万户动，月傍九霄多。④
xīng lín wàn hù dòng   yuè bàng jiǔ xiāo duō

不寝听金钥，因风想玉珂。⑤
bù qǐn tīng jīn yuè   yīn fēng xiǎng yù kē

明朝有封事，数问夜如何。⑥
míng zhāo yǒu fēng shì   shuò wèn yè rú hé

① 宿：值夜班。　左省：门下省，因临近左掖门，故称"左省"。杜甫时任左拾遗。
② 杜甫，字子美，自号少陵野老，祖籍襄阳（今湖北襄阳），生于巩县（今河南巩义）。
　 唐代伟大的现实主义诗人，他被尊为"诗圣"。其诗多反映社会黑暗、人民疾苦等，
　 被称为"史诗"。杜甫与李白齐名，合称"李杜"。
③ 掖：门下省和中书省位于皇宫宫墙两边，故名两掖。此处特指门下省。　垣：矮墙。
　 啾啾：鸟叫声。　栖鸟：归鸟。
④ 星临：星光出现。　万户：指皇宫。　动：关门，转动。　九霄：天的最高处。这里
　 指官殿。
⑤ 寝：睡觉。　金钥：钥匙美称。此处指开宫门的钥匙声。　玉珂：马勒上的装饰物，
　 多为玉制。
⑥ 明朝：明天早晨。　封事：上呈皇帝的密封奏章。　数问：多次问。

题玄武禅师屋壁①

杜甫

何年顾虎头，满壁画沧州。②

赤日石林气，青天江海流。③

锡飞常近鹤，杯渡不惊鸥。④

似得庐山路，真随惠远游。⑤

---

① 玄武禅师：住在玄武庙中的僧人。

② 顾虎头：东晋著名画家顾恺之，小名虎头。　沧州：临水的地方，古称隐士所居之地。此处指画中的山水。

③ 赤日：红日，烈日。　石林气：山石、丛林中云气浮动。　青天：蓝天。

④ 锡飞常近鹤：出自一典故。南朝梁时，高僧宝志与白鹤道人共争舒城隐居，梁武帝决定让他们以各自的宝物比较高下。白鹤道人放鹤先飞，宝志则挥锡杖飞入云中，待白鹤飞到时，锡杖已先立于山上。梁武帝便分别在鹤与杖停的地方建立道观与寺院。　杯渡：《高僧传》记载，有高僧常以木杯渡海，来去自如。后世用杯渡指代得道高僧。

⑤ 庐山：山名，位于江西九江南，又名匡山、匡庐。　真随：愿意跟随。　惠远：东晋高僧，隐居庐山寺庙。

终南山①

王维

太乙近天都，连山到海隅。②

白云回望合，青霭入看无。③

分野中峰变，阴晴众壑殊。④

欲投人处宿，隔水问樵夫。⑤

---

① 终南山：秦岭主峰之一。古代常称秦岭山脉为终南山。

② 太乙：终南山别名。 天都：天帝所居。这里指唐都长安。 海隅：海边。终南山并不到海，此为夸张手法。

③ 回望：回头看。 合：聚集。 青霭：青色的云气。霭，云气。 入：走进，接近。

④ 分野：古人以天上二十八星宿的位置来区分中国境内的地域，称为"分野"。地上的每一个区域都对应某一星辰的分野。 中峰：最高峰。 壑：山谷。 殊：不同。

⑤ 投：投宿，投奔。 人处：有人居住的地方。

寄左省杜拾遗①

岑参

联步趋丹陛，分曹限紫微。②

晓随天仗入，暮惹御香归。③

白发悲花落，青云羡鸟飞。④

圣朝无阙事，自觉谏书稀。⑤

---

① 左省：即门下省，因在大明宫左侧而得名。　杜拾遗：杜甫，时任左拾遗之职，隶属门下省，掌谏议。
② 联步：官员左右并排上朝。这里指诗人与杜甫一起入朝供职。　趋：小步快走。　丹陛：皇宫的红色台阶，此处指朝廷。　分曹：分班而列。曹，官署。　限紫微：隶属中书省。紫微，一作"紫薇"。当时杜甫担任门下省左拾遗，岑参担任中书省右补阙，二人上朝时分列大殿左右。
③ 晓：早晨。　天仗：朝会时，引领百官的皇家仪仗。　惹：沾染，沾带。　御香：朝会时殿中燃的香。
④ 青云：比喻高官显爵。　羡鸟飞：羡慕鸟儿高飞。这里指诗人渴望建功立业。
⑤ 圣朝：圣明的朝代。这里指诗人所在的唐朝。　阙事：让人感到缺憾的事。阙，通"缺"。　自：自然。　谏书：规劝皇帝的奏折。

登总持阁①
dēng zǒng chí gé

岑参

高阁逼诸天，登临近日边。②
gāo gé bī zhū tiān dēng lín jìn rì biān

晴开万井树，愁看五陵烟。③
qíng kāi wàn jǐng shù chóu kàn wǔ líng yān

槛外低秦岭，窗中小渭川。④
jiàn wài dī qín lǐng chuāng zhōng xiǎo wèi chuān

早知清净理，常愿奉金仙。⑤
zǎo zhī qīng jìng lǐ cháng yuàn fèng jīn xiān

43

---

① 总持阁：终南山上的总持寺阁。总持，佛家用语，意为持善不失，持恶不生。
② 逼：接近。　诸天：佛教术语。这里指天空。
③ 万井：指万家。　五陵：长安西北分布着五座汉代帝陵。这里指长安。
④ 槛：栏杆。　低：显得低。　小：显得小。　渭川：渭水。
⑤ 清净：佛家术语，指清静寡欲、远离尘世的禅理。　奉：侍奉。　金仙：佛像。

登兖州城楼[①]

杜甫

东郡趋庭日，南楼纵目初。[②]

浮云连海岱，平野入青徐。[③]

孤嶂秦碑在，荒城鲁殿余。[④]

从来多古意，临眺独踌躇。[⑤]

---

① 兖州：又称鲁郡、东郡，在今山东济宁。此诗为杜甫年轻游齐赵时，到兖州省视父亲，登兖州南楼所作。

② 东郡趋庭：到兖州看望父亲。趋庭，承受父教。　南楼：兖州南城楼。　纵目：放眼远望。　初：第一次。

③ 海岱：东海与泰山。海又说为黄海、渤海。　入：一直延伸。　青徐：青州和徐州。

④ 孤嶂：独立的山峰。这里指泰山。　秦碑：秦始皇东巡时在泰山刻碑歌颂功德。　荒城：此处指曲阜。由于曲阜在唐时已成为一座县城，不复当时鲁国国都的盛况，故云"荒城"。　鲁殿：汉鲁恭王所修灵光殿，在曲阜东二里。　余：残余。

⑤ 古意：伤古的意绪。　临眺：登高远望。　踌躇：犹豫不决。

送杜少府之任蜀州①

王勃②

城阙辅三秦，风烟望五津。③

与君离别意，同是宦游人。④

海内存知己，天涯若比邻。⑤

无为在歧路，儿女共沾巾。⑥

---

① 诗题一作《送杜少府之任蜀川》。　少府：县尉别称，地位仅次于县令。　之：到。任：赴任。　蜀州：一作"蜀川"，今四川。

② 王勃，字子安，绛州龙门（今山西河津）人。初唐诗人，他与杨炯、卢照邻、骆宾王并称"初唐四杰"。擅长五律与五绝。

③ 城阙：本指皇宫门前的城楼。这里指长安。　辅：护卫。　三秦：长安附近的关中地区。　风烟：透过风尘烟雾。　五津：岷江上的五个渡口，即白华津、万里津、江首津、涉头津、江南津。这里泛指蜀州。

④ 君：您，指杜少府。　意：情意。　宦游人：外出做官远离家乡的人。

⑤ 海内：四海之内。　存：有。　天涯：天边，比喻特别遥远的地方。　比邻：近邻。

⑥ 无为：无须，不要。　歧路：岔路，分别的路。　儿女：像小儿女一样。　沾巾：泪水沾湿佩巾，形容泪水多。

送崔融①
sòng cuī róng

杜审言

君王行出将，书记远从征。②
jūn wáng xíng chū jiàng　shū jì yuǎn cóng zhēng

祖帐连河阙，军麾动洛城。③
zǔ zhàng lián hé què　jūn huī dòng luò chéng

旌旗朝朔气，笳吹夜边声。④
jīng qí zhāo shuò qì　jiā chuī yè biān shēng

坐觉烟尘扫，秋风古北平。⑤
zuò jué yān chén sǎo　qiū fēng gǔ běi píng

① 崔融：诗人朋友，字安成，齐州全节（今山东济南）人，时任节度使幕府执掌书记。此诗为作者送别崔融出征时所写。
② 行：将要。　出将：派遣大将出征。　书记：指崔融。
③ 祖帐：古代为送别行人在路上设置的酒宴帷帐。　连河阙：从城阙连续到河边。　军麾：军中指挥用的旗帜。这里指军队。　洛城：洛阳城。
④ 旌旗：旗帜，军旗，一作"旌旌"。　朔气：寒气。　笳：胡笳，一种管状乐器，军营中常用作发号令。　边声：边塞的号令声。
⑤ 坐觉：稳坐军中，运筹帷幄。　烟尘：古时边境有敌入侵，便举烽火示警，发出滚滚浓烟。此处指战事。　古北：古代的北平郡。这里指北方边境。

46

扈从登封途中作①

宋之问②

帐殿郁崔嵬，仙游实壮哉。③

晓云连幕卷，夜火杂星回。④

谷暗千旗出，山鸣万乘来。⑤

扈从良可赋，终乏掞天才。⑥

---

① 扈从：皇帝出行时护驾随从。　登封：今河南登封。
② 宋之问，字延清，一名少连，汾州（今山西汾阳）人。唐代诗人。其诗讲究声律，多歌功颂德。
③ 帐殿：皇帝出巡时用帐幕搭建的临时官殿。　郁：集聚。　崔嵬：高耸险峻的样子。仙游：皇帝出游。
④ 卷：飘动。　夜火：夜间照明用的灯火。　杂：夹杂。　回：缭绕回旋。
⑤ 千旗：扈从军队。　山鸣：众臣高呼万岁的声音。　万乘：皇帝的车驾。
⑥ 扈从：一作"扈游"。　良：确实。　可赋：值得赋诗歌颂。　乏：缺少。　掞天才：歌颂天子功德的才华。掞，舒展，铺张。

题义公禅房 ①

孟浩然

义公习禅寂，结宇依空林。②

户外一峰秀，阶前众壑深。③

夕阳连雨足，空翠落庭阴。④

看取莲花净，应知不染心。⑤

48

---

① 诗题一作《题大禹寺义公禅房》。　义公：唐时高僧，诗人的朋友。　禅房：僧人修禅静坐的房间。

② 习禅寂：习惯坐禅入定、寂静思虑。寂，一作"处"。　结宇：建造屋舍。　空林：空寂的山林。

③ 众：一作"群"。　壑：沟。

④ 雨足：绵密的雨点。　空翠：苍翠的树木。

⑤ 莲花：荷花。这里指佛教典籍。　应：一作"方"。　不染心：心地不为世俗尘念沾染。

醉后赠张九旭①

高适

世上漫相识，此翁殊不然。②

兴来书自圣，醉后语尤颠。③

白发老闲事，青云在目前。④

床头一壶酒，能更几回眠。⑤

---

① 诗题一作《酒后赠张九旭》。 张九旭：即张旭，字伯高，江苏吴县人。唐代著名书
法家，他以草书著称，有"草圣"之名。他喜饮酒，与李白等合称"饮中八仙"。
② 漫：随意，随便。 相识：认识，交往。 此翁：这个老人。特指张旭。 殊不然：
特别不是这样。
③ 兴：兴致。 书自圣：书法自然达到极高成就。 颠：癫狂。时人称张旭为"张癫"。
④ 闲事：安闲无事。 青云：青云直上，前途美好。这里指张旭被玄宗召为书博士一事。
⑤ 更：再，又。 眠：睡觉。此处指醉。

玉台观①

杜甫

浩劫因王造，平台访古游。②

彩云萧史驻，文字鲁恭留。③

宫阙通群帝，乾坤到十洲。④

人传有笙鹤，时过北山头。⑤

---

① 玉台观：道观名。相传玉台观为唐高祖之子滕王李元婴兴建，旧址在今四川阆中。

② 浩劫：道家对道观台阶的称呼。这里指玉台观的台阶。　王：指滕王李元婴。　平台：此指玉台观。　访：寻访。

③ 彩云：指壁画上的云彩。　萧史：《列仙传》记载，萧史善吹箫，秦穆公将女儿弄玉嫁给他。后弄玉跨凤，萧史驾龙，双双飞升。　文字：玉台观上的题词。　鲁恭：即鲁恭王刘余，曾建灵光殿。

④ 群帝：五方天帝。　乾坤：天地。这里指玉台观的殿宇。　十洲：古代传说中仙人居住的海上十洲，即祖洲、瀛洲、玄洲、炎洲、长洲、元洲、凤麟洲、聚窟洲、流洲、生洲。

⑤ 人传有笙鹤：人们相传周灵王之子王子乔好吹笙，后乘白鹤飞升。　北山头：一作"此山头"，传说王子乔成仙的地方。

观李固请司马弟山水图①

杜甫

方丈浑连水，天台总映云。②

人间长见画，老去恨空闻。③

范蠡舟偏小，王乔鹤不群。④

此生随万物，何处出尘氛？⑤

---

① 李固：诗人的友人。　司马弟：李固的弟弟，擅作山水画，曾任司马。
② 方丈：传说中的三仙山之一，又名方壶。　浑连水：与水浑然连接。　天台：天台山，在今浙江天台。
③ 长见画：只在画上见到。　恨：遗憾。　空闻：只是听说。
④ 范蠡：春秋时越国大夫，他曾助越王勾践灭吴，后隐居。　王乔：周灵王之子王子乔，驾鹤成仙。
⑤ 随万物：随万物浮浮沉沉。　尘氛：尘世，世俗。

旅夜书怀^①

杜甫

细草微风岸，危樯独夜舟。^②

星垂平野阔，月涌大江流。^③

名岂文章著，官因老病休。^④

飘飘何所似？天地一沙鸥。^⑤

52

① 书怀：书写情怀。
② 细草：江边小草。　危樯：高高的船桅杆。　独夜舟：孤舟深夜停泊。
③ 星垂：星光低垂。　平野：原野。　月涌：月亮倒影随水涌动。　大江：长江。
④ 岂：难得。　著：出名，著名。　因：一作"应"，应该。　休：辞去。
⑤ 飘飘：漂泊，飘零。　沙鸥：水鸟。这里比喻自己漂泊孤苦。

登岳阳楼^①

杜甫

昔闻洞庭水，今上岳阳楼。^②

吴楚东南坼，乾坤日夜浮。^③

亲朋无一字，老病有孤舟。^④

戎马关山北，凭轩涕泗流。^⑤

---

① 岳阳楼：在今湖南岳阳，下临洞庭湖，是游览胜地。
② 洞庭水：洞庭湖，在今湖南东北部。
③ 吴楚：春秋时吴国和楚国两个诸侯国。 坼：分开，分裂。 乾坤：天地。 浮：漂浮。
④ 字：书信。 老病：年老多病。
⑤ 戎马：兵马，指战争。 关山北：泛指北方边境。 凭轩：依靠着窗户。 涕泗：鼻涕眼泪。

江南旅情

祖咏

楚山不可极，归路但萧条。①

海色晴看雨，江声夜听潮。②

剑留南斗近，书寄北风遥。③

为报空潭橘，无媒寄洛桥。④

---

① 楚山：楚地的山，泛指江南的山。　极：尽。　归路：回家的路。　但：只。

② 海色：海上的天色。　江声：江水澎湃的声音。　潮：涨潮。

③ 剑留：古人出游随身携带书剑。　南斗：星名，南斗六星。这里指南方。　书：家书，家信。　北风：北方。

④ 为报：转告，捎带。　空潭橘：即潭州橘，泛指南方的橘子。　媒：指传信的人。　洛桥：洛阳天津桥。这里代指家乡洛阳。

宿龙兴寺①
sù lóng xīng sì

綦毋潜②

香刹夜忘归，松清古殿扉。③
xiāng chà yè wàng guī　sōng qīng gǔ diàn fēi

灯明方丈室，珠系比丘衣。④
dēng míng fāng zhàng shì　zhū xì bǐ qiū yī

白日传心净，青莲喻法微。⑤
bái rì chuán xīn jìng　qīng lián yù fǎ wēi

天花落不尽，处处鸟衔飞。⑥
tiān huā luò bú jìn　chù chù niǎo xián fēi

55

---

① 宿：寄宿、留宿。　龙兴寺：对其说法不一，一说在今湖南零陵西南，一说在今湖北
　房县西北。
② 綦（qí）毋潜，复姓綦毋，字孝通，一作季通，荆南（今湖北荆州）人。唐代诗人，
　他多写田园山水，诗风清新雅丽。
③ 香刹：香火旺盛的佛寺。这里指龙兴寺。　扉：大门。
④ 方丈室：寺院住持或长老居住的地方。这里泛指禅房。　珠：僧人所挂念珠。　比丘：
　梵语，意为僧人、和尚。
⑤ 白日：长老传法时，心如白日般明朗洁净。　传心：传授心法。　青莲：青色莲花。
　这里指佛教经典。　喻法：讲述佛法。　微：精微。
⑥ 天花：天女散花。

破山寺后禅院①
pò shān sì hòu chán yuàn

常建②

清晨入古寺，初日照高林。③
qīng chén rù gǔ sì　chū rì zhào gāo lín

曲径通幽处，禅房花木深。④
qū jìng tōng yōu chù　chán fáng huā mù shēn

山光悦鸟性，潭影空人心。⑤
shān guāng yuè niǎo xìng　tán yǐng kōng rén xīn

万籁此俱寂，惟闻钟磬音。⑥
wàn lài cǐ jù jì　wéi wén zhōng qìng yīn

① 诗题一作《题破山寺后禅院》。　破山寺：又名兴福寺，在今江苏常熟虞山北。
② 常建，长安（今陕西西安）人。唐代诗人。其诗多写田园山光，语言洗练自然。
③ 古寺：指破山寺。　初日：早上初升的太阳。
④ 曲径：又作"竹径""一径"，弯曲的小路。　幽处：幽静的地方。　禅房：僧人居住修行的地方。　花木深：花木茂密。
⑤ 悦鸟性：使鸟儿快乐。　潭影：潭水中的影子。　空人心：清空人们心中的世俗杂念。
⑥ 万籁：大自然的各种声音。籁，指声音。　俱：一作"都"。　惟闻：一作"但余"，只听到。　钟磬：寺院的两种乐器，诵经、斋供时用，敲钟为始，击磬为终。

题 松 汀 驿①

张祜②

山色远含空，苍茫泽国东。③

海明先见日，江白迥闻风。④

鸟道高原去，人烟小径通。⑤

那知旧遗逸，不在五湖中。⑥

---

① 松汀驿：驿站名，在今江苏境内太湖边。
② 张祜（hù），字承吉，清河（今河北清河）人，一说南阳（河南南阳）人。唐代诗人。
③ 含：衔接，涵盖。　空：天空。　苍茫：辽远无边。　泽国：多水的地方。
④ 先见日：东南近海，先见日出。　江白：江水的白色波浪。　迥：远。
⑤ 鸟道：鸟飞行的路径。　人烟：人迹。
⑥ 那知：哪知，谁知道。那，通"哪"。　旧遗逸：旧日的隐逸之士。　五湖：此处指太湖。

圣果寺^①

释处默^②

路自中峰上，盘回出薜萝。^③

到江吴地尽，隔岸越山多。^④

古木丛青霭，遥天浸白波。^⑤

下方城郭近，钟磬杂笙歌。^⑥

58

---

① 圣果寺：寺名，故址在今浙江杭州南凤凰山上。
② 释处默，唐末诗僧。
③ 中峰：山的主峰。　盘回：盘旋回绕。　薜萝：薜荔和女萝两种攀缘植物。
④ 江：钱塘江。古时以钱塘江作为吴越两地的分界线。
⑤ 青霭：青色烟雾。　遥天：长空。　白波：白色的波浪。
⑥ 下方：山下。　城郭：城墙。这里指杭州城。　笙歌：笙管歌舞。

野望
yě wàng

王绩 [1]

东皋薄暮望，徙倚欲何依。 [2]

树树皆秋色，山山惟落晖。 [3]

牧人驱犊返，猎马带禽归。 [4]

相顾无相识，长歌怀采薇。 [5]

59

---

[1] 王绩，字无功，号东皋子、五斗先生。他祖籍祁县，后迁绛州龙门（今山西河津）。唐初诗人。其诗以山水田园为主，平淡清雅。被公认为五言律诗的奠基人。

[2] 东皋：诗人隐居之地，在今山西河津。　薄暮：傍晚。薄，接近，将近。　徙倚：徘徊。　依：归依。

[3] 惟：一作"唯"。　落晖：落日余晖。

[4] 犊：小牛。这里泛指牛羊等牲畜。　禽：鸟兽。这里指猎物。

[5] 相顾：相看，左右看。　采薇：隐居的生活。相传周武王灭商后，名士伯夷、叔齐不愿做周的臣子，隐逸首阳山采薇而食，最后饿死。古时以"采薇"代指隐居生活。薇，一种野菜。

送别崔著作东征①

陈子昂

金天方肃杀，白露始专征。②

王师非乐战，之子慎佳兵。③

海气侵南部，边风扫北平。④

莫卖卢龙塞，归邀麟阁名。⑤

---

① 诗题一作《送著作佐郎崔融等从梁王东征》。崔著作，即崔融，字安成，时任著作佐郎。　东征：出征。
② 金天：秋天。秋季于五行属金。　肃杀：庄严萧瑟。秋天万物凋萎，充满肃杀之气，适合用兵。　白露：二十四节气之一。　专征：专门讨伐。
③ 王师：朝廷的军队。　乐战：喜欢打仗。乐，古音读 yào。　之子：从征的人，指崔融等。　慎佳兵：谨慎用兵。
④ 海气：海上云雾。这里指边境战争烟尘。　侵南部：向南侵犯。　边风：北方边境的战争之风。　扫：扫荡。　北平：北平郡，在今河北卢龙。
⑤ 卖：丢失。　卢龙塞：古代由河北通往东北的军事要塞。　归：战胜归来。　邀：邀取，希图。　麟阁名：赫赫功名。麟阁，即麒麟阁，古代帝王褒彰功臣的地方。

陪诸贵公子丈八沟携妓纳凉晚际遇雨①

其一

杜甫

落日放船好，轻风生浪迟。②

竹深留客处，荷净纳凉时。③

公子调冰水，佳人雪藕丝。④

片云头上黑，应是雨催诗。⑤

---

① 诗题一作《携妓纳凉晚际遇雨》。　贵公子：富贵家子弟。　丈八沟：河道名，唐代皇家避暑胜地，在今陕西西安。　纳凉：乘凉。

② 放船：开船，行船。

③ 竹深：竹林茂盛的地方。　净：清净。

④ 调冰水：用冰水调制冷饮。　雪藕丝：除掉藕的白丝。一说是梳妆打扮。雪，擦拭。

⑤ 雨催诗：下雨激起诗兴。

陪诸贵公子丈八沟携妓纳凉晚际遇雨

其二

杜甫

雨来沾席上，风急打船头。①

越女红裙湿，燕姬翠黛愁。②

缆侵堤柳系，幔卷浪花浮。③

归路翻萧飒，陂塘五月秋。④

① 沾：打湿。
② 越女：越地美女。这里指南方歌姬。　燕姬：燕地美女。这里指北方歌姬。　翠黛：女子眉毛。古时女子用螺黛画眉。
③ 缆：系船的绳子。　侵：靠近，迫近。　幔：船上的帐幔。
④ 翻：却，反而。　萧飒：萧瑟。　陂塘：池塘，此处指丈八沟。　五月秋：五月却像秋季般凉爽。

宿云门寺阁^①

孙逖

香阁东山下，烟花象外幽。^②

悬灯千嶂夕，卷幔五湖秋。^③

画壁余鸿雁，纱窗宿斗牛。^④

更疑天路近，梦与白云游。^⑤

63

---

① 云门寺：有名的隐居之地，始建于晋安帝时。故址在今浙江绍兴云门山。
② 香阁：指云门寺阁。　东山：指云门山。　烟花：繁花盛开的美景。　象外：世俗之
　　外。　幽：幽远。
③ 悬灯：挂灯，张灯。　千嶂：千山，群山。　幔：帐幔。　五湖：原指太湖及其附近
　　湖泊。这里泛指湖泊。
④ 余：留存，一作"飞"。　斗牛：星宿名，即斗宿与牛宿。这里形容云门寺高。
⑤ 天路：通天的路。

秋登宣城谢朓北楼①

李白

江城如画里，山晚望晴空。②

两水夹明镜，双桥落彩虹。③

人烟寒橘柚，秋色老梧桐。④

谁念北楼上，临风怀谢公。⑤

---

① 宣城：唐时宣州治所，今安徽宣城。　谢朓北楼：又名谢朓楼、谢公楼，南齐谢朓任宣城太守时所建，在宣城陵阳山顶。

② 江城：宣城。　晚：一作"晓"。

③ 两水：环绕宣城的宛溪和句溪。　明镜：拱桥桥洞和它在水中的倒影合成圆形，像明亮的镜子。　双桥：宛溪上的凤凰桥、济川桥，隋开皇年间所建。　彩虹：桥的倒影如彩虹一般。

④ 人烟：人家。

⑤ 北楼：即谢朓楼。　临风：面对秋风。　谢公：谢朓的尊称。

64

临洞庭上张丞相^①

lín dòng tíng shàng zhāng chéng xiàng

孟浩然

八月湖水平，涵虚混太清。^②
bā yuè hú shuǐ píng   hán xū hùn tài qīng

气蒸云梦泽，波撼岳阳城。^③
qì zhēng yún mèng zé   bō hàn yuè yáng chéng

欲济无舟楫，端居耻圣明。^④
yù jì wú zhōu jí   duān jū chǐ shèng míng

坐观垂钓者，徒有羡鱼情。^⑤
zuò guān chuí diào zhě   tú yǒu xiàn yú qíng

65

① 诗题一作《望洞庭湖赠张丞相》，又作《临洞庭》。　洞庭：洞庭湖，为中国第二大淡水湖，在今湖南北部。　张丞相：张九龄。
② 湖水平：风平浪静，湖水齐岸。　涵虚：包含天空，天倒映在水中。　混：混合。太清：天空。
③ 气蒸：水面上云气蒸腾。　云梦泽：湖泽名，在今湖北云梦。　撼：震撼，一作"动"。岳阳城：在今洞庭湖东岸。
④ 济：渡河。　楫：船桨。　端居：闲居，安居。　耻：感到羞耻。　圣明：太平盛世。
⑤ 徒：一作"空"，只能。　羡鱼情：脱俗的愿望。羡鱼，出自《淮南子》"临河而羡鱼，不若归家织网"。

过香积寺^①

王维

不知香积寺，数里入云峰。^②

古木无人径，深山何处钟？^③

泉声咽危石，日色冷青松。^④

薄暮空潭曲，安禅制毒龙。^⑤

66

---

① 过：访问。　香积寺：唐代寺院，故址在今陕西西安南。
② 云峰：云雾环绕的山峰。
③ 人径：人走的小路。　钟：寺庙的钟鸣声。
④ 咽：鸣咽。　危石：高耸的崖石。　冷青松：青松使人感到寒冷。
⑤ 薄暮：黄昏。　空潭：清澈的水潭。　曲：水边。　安禅：佛家之语，指身心安然进
　　入宁静的境界。　毒龙：佛家比喻俗人心中的杂念。

送郑侍御谪闽中①

高适

谪去君无恨，闽中我旧过。②

大都秋雁少，只是夜猿多。③

东路云山合，南天瘴疠和。④

自当逢雨露，行矣慎风波。⑤

① 郑侍御：诗人的朋友。侍御，官名，古代达官的侍从。 谪：贬谪，古代官员被降职
或外调到偏远地区。 闽中：今福建福州一带。
② 无：通"毋"，不要。 旧过：以前去过。过，到。
③ 大都：大多。 猿：猿猴。
④ 东路：向东走的路。 云山合：山势高峻，与天交融。 瘴疠：南方山林间的瘴气和
瘟疫。 和：掺杂，混合。
⑤ 自当：终究会。 雨露：朝廷的恩泽。 慎风波：谨慎路途险阻。

秦州杂诗 ^①

qín zhōu zá shī

杜甫

凤林戈未息，鱼海路常难。^②
fèng lín gē wèi xī　yú hǎi lù cháng nán

候火云峰峻，悬军幕井干。^③
hòu huǒ yún fēng jùn　xuán jūn mù jǐng gān

风连西极动，月过北庭寒。^④
fēng lián xī jí dòng　yuè guò běi tíng hán

故老思飞将，何时议筑坛？^⑤
gù lǎo sī fēi jiàng　hé shí yì zhù tán

---

① 本诗为《秦州杂诗二十首》中第十九首。　秦州：即今甘肃天水。唐肃宗乾元二年（759）秋，杜甫携家眷居住于此。

② 凤林：凤林关，在秦州境内。　戈：干戈，指战争。　鱼海：位于秦州境内，当时常被吐蕃侵扰。

③ 候火：边防用以警报的烽火。　悬军：深入敌境的孤军。　幕井：用布覆盖的井。

④ 西极：西方极远的地方。这里指唐西北边境。　北庭：即北庭都护府，为唐代西北重镇，在今新疆一带。

⑤ 故老：边疆的百姓。　飞将：西汉名将李广骁勇善战，被称为"飞将军"。这里指骁勇善战的将领。　议：商议。　筑坛：筑坛拜将，任命将领。

禹庙①

杜甫

禹庙空山里，秋风落日斜。

荒庭垂橘柚，古屋画龙蛇。②

云气生虚壁，江声走白沙。③

早知乘四载，疏凿控三巴。④

69

---

① 禹庙：大禹庙，位于今重庆忠县。
② 橘柚：一作"桔柚"。　龙蛇：指禹庙壁上的龙蛇图。
③ 生虚壁：一作"嘘青壁"，青色岩壁不断吐出气体。　江：指禹庙之下的长江。　走：冲刷。
④ 乘四载：传说大禹治水用的四种交通工具，即水行乘舟、陆行乘车、山行乘樏、泥行乘辐。　疏凿：疏通水道，开凿山崖。　控：控制，支配。　三巴：巴东郡、巴郡、巴西郡。这里泛指四川一带。

望秦川 ①

李颀 ②

秦川朝望迥，日出正东峰。③

远近山河净，逶迤城阙重。④

秋声万户竹，寒色五陵松。⑤

有客归欤叹，凄其霜露浓。⑥

---

① 秦川：泛指今秦岭以北的平原地带。此诗指长安一带。
② 李颀，赵郡（今河北赵县）人。唐代诗人，他擅长五言及七言歌行，诗作以边塞题材为主。
③ 朝望：早晨望去。 迥：遥远。
④ 净：明洁。 逶迤：连绵不断。 重：重叠。
⑤ 寒色：令人心生寒意的绿色。 五陵：因西汉王朝五位皇帝（汉高祖、汉惠帝、汉景帝、汉武帝、汉昭帝）的帝陵而得名。
⑥ 归欤：归去，还归故里。 凄其：凄然，寒冷。

同王征君洞庭有怀①

张谓②

八月洞庭秋，潇湘水北流。③

还家万里梦，为客五更愁。④

不用开书帙，偏宜上酒楼。⑤

故人京洛满，何日复同游？⑥

① 诗题一作《同王征君湘中有怀》。 王征君：诗人的朋友。征君，古代对受皇帝征召却不肯做官的隐士的尊称。
② 张谓，字正言，怀州河内（今河南沁阳）人。唐朝诗人。其诗清新流畅，格律严密。
③ 洞庭：洞庭湖，在今湖南北部。 潇湘：湘水与潇水。
④ 为客：作客他乡。 五更：古代把一夜分为五更，每一更相当于两个小时，五更即天将明时。
⑤ 书帙：书卷的外套。 偏宜：适宜。
⑥ 故人：旧友，老朋友。 京洛：长安与洛阳一带。

渡扬子江 [1]
_{dù yáng zǐ jiāng}

丁仙芝 [2]

桂楫中流望，空波两畔明。[3]

林开扬子驿，山出润州城。[4]

海尽边阴静，江寒朔吹生。[5]

更闻枫叶下，淅沥度秋声。[6]

---

① 扬子江：流经扬州、镇江一带的长江。

② 丁仙芝，生卒年不详，字元祯，润州曲阿（今江苏丹阳）人。唐代诗人。其诗风婉丽清新。

③ 桂楫：用桂木做成的船桨。这里指船只。　中流：江心。　空波：宽阔的水面。　两畔：两岸。　明：清晰。

④ 扬子驿：扬子津渡口边上的驿站。　润州城：在长江南岸，与扬子津渡口隔江相望，属江苏镇江。

⑤ 海尽：海的尽头。　阴静：阴凉幽静。　朔吹：北风吹。

⑥ 更：又。　淅沥：落叶的声音。　度：传来。

72

幽州夜饮①

张说

凉风吹夜雨，萧瑟动寒林。②

正有高堂宴，能忘迟暮心。③

军中宜剑舞，塞上重笳音。④

不作边城将，谁知恩遇深？⑤

---

① 诗题一作《幽州夜歌》，又作《幽州夜吟》。　幽州：唐代州名，在今北京。
② 凉风：北风。　动：摇动。
③ 高堂宴：在高大的厅堂举办宴会。　迟暮心：因衰老引起凄凉暗淡的心情。迟暮，年迈。
④ 剑舞：舞剑。　重：注重。　笳：即胡笳，中国古代北方民族的一种乐器。
⑤ 边城将：作者自称。　恩遇：知遇之恩。

七言绝句

卷三

春 日 偶 成 ①

程颢 ②

云淡风轻近午天，傍花随柳过前川。③

时人不识余心乐，将谓偷闲学少年。④

春 日

朱熹 ⑤

胜日寻芳泗水滨，无边光景一时新。⑥

等闲识得东风面，万紫千红总是春。⑦

76

---

① 诗题一作《偶成》。
② 程颢（hào），字伯淳，号明道，洛阳（今河南）人，人称"明道先生"。北宋理学家。他和弟弟程颐被称作"二程"。
③ 午天：正午。　傍：一作"望"，依靠。　川：河畔。
④ 时人：一作"旁人"，现在的人。　识：了解，知道。　余：一作"予"，我。　将谓：就要说。　偷闲：偷空玩乐。
⑤ 朱熹，字元晦，号晦庵，别称紫阳先生。他祖籍徽州婺源（今江西婺源），生于南剑州尤溪（今福建尤溪）。他是宋代理学集大成者。
⑥ 胜日：天气晴朗的好日子。　寻芳：游玩赏花。　泗水：河流名，在山东境内。
⑦ 等闲：寻常，到处。　东风：春风。　总是：都是。

春 宵①

苏轼②

春宵一刻值千金，花有清香月有阴。③

歌管楼台声细细，秋千院落夜沉沉。④

城东早春

杨巨源⑤

诗家清景在新春，绿柳才黄半未匀。⑥

若待上林花似锦，出门俱是看花人。⑦

---

① 诗题一作《春夜》。 春宵：春天的夜晚。
② 苏轼，字子瞻，自号东坡居士，眉山（今四川眉山）人。他是北宋著名散文家，擅长诗词，是"唐宋八大家"之一。他与父苏洵、弟苏辙并称"三苏"。
③ 一刻：古代计时单位，一昼夜为一百刻。形容时间短暂。
④ 歌管：歌唱声和乐器声。 院落：庭院。 夜沉沉：夜深了。
⑤ 杨巨源，字景山，后改名巨济，蒲州河中（今山西永济）人。唐代诗人。他著有《杨少尹诗集》。
⑥ 诗家：诗人自己。 清景：清新的景色。 未匀：不均匀。
⑦ 上林：上林苑，古代皇家园林。这里代指长安。 俱：都。

春夜①

王安石②

jīn lú xiāng jìn lòu shēng cán　jiǎn jiǎn qīng fēng zhèn zhèn hán
金炉香尽漏声残，剪剪轻风阵阵寒。③

chūn sè nǎo rén mián bù dé　yuè yí huā yǐng shàng lán gān
春色恼人眠不得，月移花影上栏杆。④

初春小雨⑤

韩愈⑥

tiān jiē xiǎo yǔ rùn rú sū　cǎo sè yáo kàn jìn què wú
天街小雨润如酥，草色遥看近却无。⑦

zuì shì yì nián chūn hǎo chù　jué shèng yān liǔ mǎn huáng dū
最是一年春好处，绝胜烟柳满皇都。⑧

78

---

① 诗题一作《夜值》。
② 王安石，字介甫，号半山老人。抚州临川（今江西抚州）人。北宋著名政治家、文学家，"唐宋八大家"之一。其诗多反映现实，刚健雄劲。
③ 金炉：香炉。 尽：一作"烬"。 漏声残：指天快亮了。漏，古代计时工具。 剪剪：形容轻柔，一作"翦翦"。
④ 春色恼人：春色撩人。 栏干：一作"栏杆"。
⑤ 诗题一作《早春呈水部张十八员外》。
⑥ 韩愈，字退之，河南河阳（今河南孟州）人。因先祖曾居昌黎（今辽宁义县），世称"韩昌黎"。唐代著名文学家、哲学家，"唐宋八大家"之一。
⑦ 天街：御街，京城的街道。 润如酥：湿润如奶酪，比喻春雨的滋润。 遥看：远看。
⑧ 处：时节，时间。 绝胜：远远超过。 皇都：京城。这里指长安。

元 日 ①

王安石

爆竹声中一岁除，春风送暖入屠苏。②

千门万户曈曈日，总把新桃换旧符。③

上元侍宴 ④

苏轼

淡月疏星绕建章，仙风吹下御炉香。⑤

侍臣鹄立通明殿，一朵红云捧玉皇。⑥

---

① 元日：农历正月初一，被认为新一年的开始。

② 除：过去。　屠苏：美酒名。唐宋时期有正月初一饮屠苏酒的习俗，可以除灾辟邪。

③ 曈曈：太阳初升的样子。　桃：桃符，桃木做的匾，可用来辟邪，新年要更换。后演化为春联。

④ 本诗是《上元侍饮楼上呈同列》三首中第一首。　上元：即农历正月十五的元宵节。侍宴：大臣侍奉皇帝出席宴会。

⑤ 建章：汉宫名。这里指北宋皇宫。　御炉：皇帝用的香炉。

⑥ 鹄立：像天鹅一样立着，形容站立时端正恭敬。鹄，天鹅。　通明殿：传说中玉皇大帝的官殿。此指皇帝临朝的大殿。　玉皇：天帝。此指皇帝。

立春偶成

张栻[1]

律回岁晚冰霜少，春到人间草木知。[2]

便觉眼前生意满，东风吹水绿参差。[3]

打球图[4]

晁说之[5]

阊阖千门万户开，三郎沉醉打球回。[6]

九龄已老韩休死，无复明朝谏疏来。[7]

---

① 张栻，字敬夫，又字钦夫，号南轩，世称南轩先生。他是汉州绵竹（今四川绵竹）人，寓居衡阳（今湖南）。南宋理学家，他与朱熹、吕祖谦并称"东南三贤"。

② 律回：节令回转，大地回春。 岁晚：立春在农历新年之前。

③ 生意满：生机勃勃。 参差：不平衡、不整齐的样子。这里指风吹起的水纹起起伏伏。

④ 诗题一作《明皇打球图》，又作《题明王打球图》。

⑤ 晁说之，字以道，一字伯以，济州巨野（今山东巨野）人。北宋诗人。

⑥ 阊阖：传说中的天官门。这里指长安宫殿。 三郎：唐玄宗小名。 打球：蹴鞠，古代一种球类游戏。

⑦ 九龄：张九龄，字子寿，唐玄宗时曾任宰相，贤明刚直。 韩休：唐玄宗时名相，性耿直，敢于进谏。 无复：不再有。 谏疏：向皇帝进谏的奏章。

宫 词 ①

王建 ②

金殿当头紫阁重，仙人掌上玉芙蓉。③

太平天子朝元日，五色云车驾六龙。④

廷 试 ⑤

夏竦 ⑥

殿上衮衣明日月，砚中旗影动龙蛇。⑦

纵横礼乐三千字，独对丹墀日未斜。⑧

---

① 宫词：唐代诗歌中常用的诗题，多为五言或七言绝句，主要描写帝王宫中生活或宫女的忧愁哀怨。

② 王建，字仲初，颍川（今河南许昌）人。唐代诗人，以《宫词》百首闻名。他与张籍齐名，并称"张王乐府"。

③ 金殿：即金銮殿。 当头：对面。 紫阁：即朝元阁。 仙人：朝元阁的铜铸仙人，手托承露盘，承接甘露，以求延年益寿。 玉芙蓉：芙蓉状的玉制承露盘。

④ 元日：农历正月初一。 云车：仙人车驾。这里指天子车驾。 驾六龙：用六匹马来驾。

⑤ 廷试：即殿试，古代科举制度中由皇帝亲自出题考试。

⑥ 夏竦，字子乔，江州德安（今属江西）人。宋代诗人。

⑦ 衮衣：古代帝王及上公所穿绣龙的礼服。这里代指皇帝。 砚：砚台。 动龙蛇：似龙蛇在舞动。

⑧ 礼乐：《礼记》和《乐记》。这里泛指儒家经典的考试内容。 独对：宋朝特荐科举中被皇帝赏识的对策人，特赐进士及第，称为独对。 丹墀：宫殿前红色的台阶或地面。 斜：古音读 xiá。

咏华清宫[①]

杜常[②]

东别家山十六程，晓来和月到华清。[③]

朝元阁上西风急，都入长杨作雨声。[④]

清平调词[⑤]

李白

云想衣裳花想容，春风拂槛露华浓。[⑥]

若非群玉山头见，会向瑶台月下逢。[⑦]

---

① 华清宫：唐代供帝王出巡时居住的宫室，以温泉汤池著称，在今陕西西安骊山北麓。

② 杜常，字正甫，卫州（今河南卫辉）人。北宋诗人。

③ 东别家山十六程：一作"行尽江南数十程"，意为路途遥远。 晓来和月到华清：一作"晓风残月入华清"，意为很晚才到华清宫。

④ 朝元阁：宫殿名，在华清宫内。俗称老君殿。 长杨：即长杨宫，秦汉宫名，位于今陕西周至东南。

⑤ 清平调：唐代大曲名，由李白用七绝格律所创，后为词牌名。《清平调词》共三首，此为其一。

⑥ 云想衣裳花想容：用比喻的手法，突出了杨玉环衣着华丽、容貌美丽。衣裳，古代上衣为衣，下衣为裳。想，像、似。 拂：拂过。 槛：栏杆。 露华浓：带着露水的花更艳丽。华，通"花"。

⑦ 若非：如果不是。 群玉：传说中西王母居住的地方。 会：必然，必会。 瑶台：西王母居住的宫殿。

题 邸 间 壁 ①

郑会 ②

荼蘼香梦怯春寒，翠掩重门燕子闲。③

敲断玉钗红烛冷，计程应说到常山。④

绝 句

杜甫

83

两个黄鹂鸣翠柳，一行白鹭上青天。⑤

窗含西岭千秋雪，门泊东吴万里船。⑥

---

① 邸：府邸。这里指旅舍。
② 郑会，字文谦，一字有极，号亦山，贵溪（今属江西）人。南宋诗人。
③ 荼蘼：花名，又叫木香、佛见笑。 怯：害怕。 重门：屋内的门。
④ 玉钗：玉簪。这里指灯花。 计程：计算行程。 常山：地名，在今河北正定，一说
  今浙江常山。
⑤ 黄鹂：黄莺。鸟身呈黄色，叫声悦耳动听。 白鹭：鹭鸶，羽毛纯白。
⑥ 含：包含、容纳。 西岭：指岷山。 千秋雪：千年不化的积雪。 泊：停泊。 东吴：
  今江浙一带。 万里船：不远万里来的船只。万里，虚指，形容路途遥远。

海棠

苏轼

东风袅袅泛崇光，香雾空蒙月转廊。①

只恐夜深花睡去，故烧高烛照红妆。②

清明

杜牧③

清明时节雨纷纷，路上行人欲断魂。④

借问酒家何处有，牧童遥指杏花村。⑤

---

① 东风：春风。 袅袅：微风吹拂的样子。 泛：摇动，闪现。 崇光：美丽的光泽。 空蒙：雾气迷蒙。 廊：回廊，走廊。

② 只恐：只怕。 故：于是，因此。 红妆：盛装打扮。这里指海棠。

③ 杜牧，字牧之，京兆万年（今陕西西安）人。唐朝著名诗人。其诗风辞采流美、情致豪迈，世称"小杜"（"老杜"为杜甫）。

④ 清明：节气名，在阳历四月五日前后。 断魂：愁苦伤心到极点。

⑤ 借问：请问。 遥指：指着远处。 杏花村：杏花深处的村庄。

清明

王禹偁[①]

无花无酒过清明，兴味萧然似野僧。[②]

昨日邻家乞新火，晓窗分与读书灯。[③]

社日[④]

王驾[⑤]

鹅湖山下稻粱肥，豚栅鸡栖对掩扉。[⑥]

桑柘影斜春社散，家家扶得醉人归。[⑦]

---

① 王禹偁（chēng），字元之，济州巨野（今山东巨野）人。宋代诗人。作者一说是魏野，北宋诗人。

② 兴味：兴致、趣味。　萧然：索然无味。　野僧：长期漂泊在外的和尚。

③ 乞：求取。　新火：清明节前一日为寒食节，寒食节后新生的火种称为"新火"。

④ 社日：古代祭祀土神、五谷神的日子，分为春社和秋社。

⑤ 王驾，字大用，河中（今山西永济）人。唐朝诗人。作者一说是张蠙（pín），清河（今河北清河）人。唐代诗人。

⑥ 鹅湖山：山名，位于江西铅山北。　豚栅：猪圈。　鸡栖：鸡窝。　扉：门。

⑦ 桑柘：桑树和柘树。　影斜：树影倾斜，指天色已晚。　散：散场。

寒食[①]

韩翃[②]

春城无处不飞花，寒食东风御柳斜。[③]

日暮汉宫传蜡烛，轻烟散入五侯家。[④]

江南春

杜牧

千里莺啼绿映红，水村山郭酒旗风。[⑤]

南朝四百八十寺，多少楼台烟雨中。[⑥]

---

① 寒食：指寒食节，这天只吃冷食，不生火。
② 韩翃（hóng），字君平，南阳（今河南）人。唐代诗人，"大历十才子"之一。
③ 春城：暮春的长安城。　御柳：御苑中的柳树。　斜：古音读 xiá。
④ 传蜡烛：寒食夜，皇帝特赐火给臣下，以示恩宠。　五侯：汉成帝、桓帝都曾册封五
　人为侯，世称五侯。后泛指受到皇帝恩宠的权贵。
⑤ 绿映红：绿叶映衬着红花。　水村：水乡。　山郭：依山而建的外城。　酒旗：酒馆
　门口挂的吸引客人的旗帜，又称酒帘、酒望子等。
⑥ 南朝：公元 420—589 年间，先后建都建康（今江苏南京）的宋、齐、梁、陈四个
　王朝的总称。南朝君臣好佛，广置寺院。这里写四百八十寺，举其约数，并非实
　指。　楼台：这里指寺院佛殿建筑。　烟雨：蒙蒙细雨。

86

上高侍郎^①

高蟾^②

天上碧桃和露种，日边红杏倚云栽。^③

芙蓉生在秋江上，不向东风怨未开。^④

绝句

僧志南^⑤

古木阴中系短篷，杖藜扶我过桥东。^⑥

沾衣欲湿杏花雨，吹面不寒杨柳风。^⑦

---

① 诗题一作《下第后上永崇高侍郎》。 高侍郎：指高骈。侍郎，官名。
② 高蟾，渤海（今河北沧州）人。唐代诗人。其诗气势雄壮。
③ 天上：指朝廷、皇帝。 碧桃：传说中的仙桃。诗中碧桃与红杏都暗喻借皇家威势而显贵的小人。
④ 芙蓉：荷花。这里是诗人自比，流露出不依权贵的志向。
⑤ 僧志南，志南是他的法号。南宋诗僧。
⑥ 阴：通"荫"，树荫。 短篷：一种带篷的小船。 杖藜扶我：即"我扶杖藜"。杖藜，藜杖。藜，一种藤类植物。扶，助。
⑦ "沾衣"以下两句：是倒装句式，即杏花雨沾衣欲湿，杨柳风吹面不寒。 杏花雨：杏花开放时下的雨，即春雨。 杨柳风：杨柳发芽时吹的风，即春风。

游园不值 ①

叶绍翁 ②

应怜屐齿印苍苔，小扣柴扉久不开。③

春色满园关不住，一枝红杏出墙来。

客中行 ④

李白

兰陵美酒郁金香，玉碗盛来琥珀光。⑤

但使主人能醉客，不知何处是他乡。⑥

① 诗题一作《游小园不值》。　不值：没有遇到主人。
② 叶绍翁，字嗣宗，号靖逸，处州龙泉（今属浙江）人。南宋诗人。他擅长七言绝句，多写田园风光。
③ 应：表猜测，应该。　怜：怜惜。　屐：一种底下有齿的木鞋。这里泛指鞋。　印：留下印迹。　小扣：轻轻敲击。　柴扉：柴门。
④ 诗题一作《客中作》。　客中行：旅居他乡所作的诗。
⑤ 兰陵：地名，在今山东境内。　郁金香：香草，古人常用以泡酒，酒呈金黄色。琥珀：一种黄色或深褐色的树脂化石，晶莹透明。这里用来形容酒色泽晶莹。
⑥ 但：只要。　他乡：异乡，外乡。

题 屏①

刘季孙②

呢喃燕子语梁间，底事来惊梦里闲？③

说与旁人浑不解，杖藜携酒看芝山。④

漫 兴⑤

杜甫

89

肠断春江欲尽头，杖藜徐步立芳洲。⑥

颠狂柳絮随风舞，轻薄桃花逐水流。⑦

---

① 诗题一作《题饶州酒务厅屏》。
② 刘季孙，字景文，祥符（今河南开封）人。北宋诗人。他博通史传，精于鉴赏。
③ 呢喃：燕子的叫声。　底事：什么事。
④ 浑：全然。　杖藜：拄着拐杖。　芝山：山名，在今江西鄱阳北。
⑤ 杜甫写有《绝句漫兴九首》，这是第五首。　漫兴：即兴而作。
⑥ 肠断：形容极度伤心。　尽头：到头。　徐步：慢慢走。　芳洲：长满花草的水中陆地。
⑦ 颠狂：放荡不羁。这里指柳絮在风中狂乱飞舞。　轻薄：轻浮。　逐：追逐。

庆全庵桃花①

谢枋得②

寻得桃源好避秦，桃红又是一年春。③

花飞莫遣随流水，怕有渔郎来问津。④

玄都观桃花⑤

刘禹锡

紫陌红尘拂面来，无人不道看花回。⑥

玄都观里桃千树，尽是刘郎去后栽。⑦

---

① 庆全庵：诗人隐居南方住所的名字。

② 谢枋得，字君直，号叠山，信州弋阳（今江西弋阳）人。南宋文学家。

③ 桃源：桃花源的简称，出自陶渊明《桃花源记》。

④ 莫道：不要使。　问津：询问路口。津，原指渡口，此指道路。

⑤ 诗题一作《元和十年自朗州召至京戏赠看花诸君子》。　玄都观：唐代道观名，位于
　今西安南门外。

⑥ 紫陌：长安街道。陌，田间小路。　红尘：街道上行人和车马来往扬起的尘埃。　拂
　面：扑面，迎面。　道：说。

⑦ 刘郎：诗人自称。　尽是刘郎去后栽：暗指新贵们都是变法失败后攀附当权者而得势。
　去，一作"别"，离开。

再游玄都观①

刘禹锡

百亩庭中半是苔，桃花净尽菜花开。②

种桃道士归何处，前度刘郎今又来。③

滁州西涧④

韦应物

独怜幽草涧边生，上有黄鹂深树鸣。⑤

春潮带雨晚来急，野渡无人舟自横。⑥

---

① 此诗作于刘禹锡被贬出京十四年后重新被召回时。
② 庭中：道观庭院，一作"中庭"。　苔：青苔，苔藓。
③ 种桃道士：比喻当年贬斥刘禹锡的执政者。　前度刘郎：诗人自称。　度：回，次。
④ 滁州：地名，在今安徽滁州。　西涧：在滁州城西，俗名上马河。
⑤ 怜：爱，喜欢。　幽草：生长在暗处的草。幽，一作"芳"。　生：一作"行"。　深树：枝叶繁茂的树。深，一作"远"。树，一作"处"。
⑥ 野渡：无人管理的渡口。　横：随意放置，任其漂浮。

花影

苏轼

重重叠叠上瑶台，几度呼童扫不开。①

刚被太阳收拾去，却教明月送将来。②

北山③

王安石

北山输绿涨横陂，直堑回塘滟滟时。④

细数落花因坐久，缓寻芳草得归迟。⑤

---

① 重重叠叠：一层又一层。　瑶台：神话中仙家住地。这里指院落中清幽的亭台。　几
度：几次。　童：童子。　扫不开：扫不去。
② 教：让。　送将来：送过来。
③ 北山：钟山，今南京紫金山。王安石晚年筑室于半山腰，号半山。
④ 输：输送。这里是蔓延的意思。　陂：水边，池塘。　堑：沟、渠。　回塘：曲折的
池塘。　滟滟：波光粼粼的样子。
⑤ 因：于是。　得：得以。

湖 上①

徐元杰②

花开红树乱莺啼，草长平湖白鹭飞。③

风日晴和人意好，夕阳箫鼓几船归。④

漫 兴⑤

杜甫

糁径杨花铺白毡，点溪荷叶叠青钱。⑥

笋根雉子无人见，沙上凫雏傍母眠。⑦

---

① 湖：这里指杭州西湖。
② 徐元杰，字仁伯，号梅野，信州上饶（今江西上饶）人。南宋诗人。
③ 红树：红花满树。 乱莺啼：嘈杂的莺啼声。 平湖：平静的湖面。
④ 风日晴和：风和景丽。风日，一作"风物"。 人意：人的情绪、心情。 箫鼓：乐器。
　这里泛指管弦乐。
⑤ 本诗是杜甫《绝句漫兴九首》中的第七首，作于唐肃宗上元二年（761）初夏。
⑥ 糁径杨花：落满细碎杨花的小路。糁，饭粒，引申为散落。 白毡：像铺上了一层白
　色毡子。 青钱：青铜钱。这里指刚长出的荷叶如同青钱。
⑦ 雉子：一作"稚子"。这里指嫩笋芽。 凫雏：小野鸭。

春 晴①

王驾

雨前初见花间蕊，雨后全无叶底花。②

蜂蝶纷纷过墙去，却疑春色在邻家。③

春 暮

曹豳④

门外无人问落花，绿阴冉冉遍天涯。⑤

林莺啼到无声处，青草池塘独听蛙。⑥

94

---

① 诗题一作《晴景》，又作《雨晴》。
② 初见：刚看到。　蕊：花苞，花心。
③ 疑：怀疑。
④ 曹豳（bīn），字西士，一字潜夫，号东畎，瑞安（今属浙江）人。宋代诗人。
⑤ 阴：通"荫"，树荫。　冉冉：草木茂盛的样子。　天涯：天边，指广阔大地。
⑥ 处：时候。　独：只有。

落 花 ①

朱淑贞 ②

连理枝头花正开，妒花风雨便相催。③

愿教青帝常为主，莫遣纷纷点翠苔。④

春暮游小园

王淇 ⑤

一从梅粉褪残妆，涂抹新红上海棠。⑥

开到荼蘼花事了，丝丝天棘出莓墙。⑦

95

---

① 诗题一作《惜春》。
② 朱淑贞，又作朱淑真，号幽栖居士，钱塘（今浙江杭州）人。宋代女作家，其诗词被赞"清新婉丽，蓄思含情，能道人意中事"。
③ 连理枝：两棵树的树枝连在一起生长，常用来比喻恩爱夫妻。　妒：妒嫉。　催：同"摧"，吹落。
④ 教：让。　青帝：又称苍帝、木帝，传说中掌管春天的神。　莫遣：不要让，不要使。　点：点缀。　翠苔：绿色苔藓。
⑤ 王淇，字菉猗。宋代诗人。
⑥ 一从：自从。　褪残妆：梅花凋谢，用了拟人手法。　涂抹新红：指海棠盛开。
⑦ 花事了：花开完了，花期过了。　天棘：即天门冬，百合科草本植物。　莓墙：长有苔藓的墙。莓，苔藓。

莺 梭^①

刘克庄^②

掷柳迁乔太有情，交交时作弄机声。^③

洛阳三月花如锦，多少工夫织得成。^④

暮春即事

叶采^⑤

双双瓦雀行书案，点点杨花入砚池。^⑥

闲坐小窗读《周易》，不知春去几多时。^⑦

---

① 莺梭：黄莺如梭子一般轻巧敏捷地飞来飞去。

② 刘克庄，字潜夫，号后村居士，莆田（今属福建）人。南宋词人、诗人。

③ 掷柳：从柳枝上抛下，指黄莺从柳树上飞下。　迁乔：本意为迁居。这里指黄莺飞到另一棵树上。　交交：黄莺的鸣叫声。　弄机声：织布的声音。

④ 锦：有彩色花纹的丝织品。　织得成：织完。

⑤ 叶采，生卒年不详，字仲圭，号平岩，建阳（今属福建）人。南宋诗人。

⑥ 瓦雀：屋瓦上的麻雀。　书案：书桌。　砚池：砚台。

⑦《周易》：《易经》，儒家著名经典。

登山

dēng shān

李涉①

zhōng rì hūn hūn zuì mèng jiān　　hū wén chūn jìn qiǎng dēng shān
终日昏昏醉梦间，忽闻春尽强登山。②

yīn guò zhú yuàn féng sēng huà　　yòu dé fú shēng bàn rì xián
因过竹院逢僧话，又得浮生半日闲。③

蚕妇吟④

cán fù yín

谢枋得

zǐ guī tí chè sì gēng shí　　qǐ shì cán chóu pà yè xī
子规啼彻四更时，起视蚕稠怕叶稀。⑤

bú xìn lóu tóu yáng liǔ yuè　　yù rén gē wǔ wèi céng guī
不信楼头杨柳月，玉人歌舞未曾归。⑥

97

---

① 李涉，号清溪子，洛阳（今属河南）人。唐代诗人。

② 强：勉强。

③ 过：拜访。　逢：遇到。　浮生：漂浮不定的人生。出自《庄子·刻意》："其生若浮，其死若休。"

④ 蚕妇：养蚕的妇女。　吟：古代诗歌体裁的一种。

⑤ 子规：杜鹃鸟，又叫杜宇、望帝。　啼彻：不停地啼叫。　四更：古时一夜分为五更，四更为凌晨一点至三点，天还未亮。　起：起床。　蚕稠：蚕叶少了，蚕显得稠了。

⑥ 杨柳月：月亮西沉至杨柳树梢。　玉人：容貌美丽的人。这里指歌女舞女。

晚春①

韩愈

草木知春不久归，百般红紫斗芳菲。②

杨花榆荚无才思，唯解漫天作雪飞。③

伤春④

杨万里⑤

准拟今春乐事浓，依然枉却一东风。⑥

年年不带看花眼，不是愁中即病中。⑦

---

① 晚春：春季快要结束的时候。
② 不久归：指春天不久就要过去了。归，回归。 百般：各种各样。 斗芳菲：争奇斗艳，竞相开放。
③ 杨花：杨絮。 榆荚：榆钱。 才思：才情。 唯解：只知道。解，知道，明了。
④ 诗题一作《晓登万花川谷看海棠》，原诗有二首，此为第二首。 伤春：因春天将过去而伤怀。
⑤ 杨万里，字廷秀，号诚斋，吉州吉水（今江西吉水）人。南宋杰出诗人，他与范成大、陆游、尤袤并称"中兴四大诗人"。其诗诙谐幽默、生动活泼，被称为"诚斋体"。
⑥ 准拟：以为，本打算。 浓：集中，多。 枉却：白白地辜负。 东风：春风。
⑦ 即：就是。

送春

sòng chūn

王令①

三月残花落更开，小檐日日燕飞来。②
sān yuè cán huā luò gèng kāi　xiǎo yán rì rì yàn fēi lái

子规夜半犹啼血，不信东风唤不回。③
zǐ guī yè bàn yóu tí xuè　bú xìn dōng fēng huàn bù huí

三月晦日送春④

sān yuè huì rì sòng chūn

贾岛

三月正当三十日，风光别我苦吟身。⑤
sān yuè zhèng dāng sān shí rì　fēng guāng bié wǒ kǔ yín shēn

共君今夜不须睡，未到晓钟犹是春。⑥
gòng jūn jīn yè bù xū shuì　wèi dào xiǎo zhōng yóu shì chūn

99

---

① 王令，初字钟美，后改字逢原，广陵（今江苏扬州）人。北宋诗人。
② 更：再，又。　檐：屋檐。
③ 子规：杜鹃鸟。　啼血：相传古蜀国国王杜宇亡国，化身杜鹃，春夏之交啼叫不已，以至于口中泣血，故曰杜鹃啼血。　东风：春风。
④ 诗题一作《三月晦日赠刘评事》。　三月晦日：农历三月三十日。晦日，农历每月的最后一天。
⑤ 正当：正赶上。　风光：春光。　别：离开，远离。　苦吟身：指作者苦心竭力作诗。贾岛是著名的苦吟诗人，"二句三年得，一吟双泪流"是其生动的写照。
⑥ 君：这里指春天。　晓钟犹：一作"五更还"。晓钟，报晓的钟声。犹，还。

客中初夏①

司马光②

四月清和雨乍晴，南山当户转分明。③

更无柳絮因风起，惟有葵花向日倾。④

有约⑤

赵师秀⑥

黄梅时节家家雨，青草池塘处处蛙。⑦

有约不来过夜半，闲敲棋子落灯花。⑧

---

① 诗题一作《居洛初夏作》。　客中：作客他乡。
② 司马光，字君实，号迂叟，陕州夏县涑水乡（今属山西）人，世称"涑水先生"。北宋著名史学家、政治家、散文家，他学识渊博，主修《资治通鉴》。
③ 清和：天气清明暖和。　乍：初，开始。　当户：对着门。　转分明：变得清晰分明。
④ 倾：倾斜。
⑤ 诗题一作《约客》。
⑥ 赵师秀，字紫芝，又字灵秀，号天乐，永嘉（今浙江温州）人。南宋诗人，"永嘉四灵"之一。
⑦ 黄梅时节：春末夏初梅子成熟时节，正是南方雨多的时候。　家家雨：到处下雨。
⑧ 有约不来：约定好却没有来到。　闲：无聊，空闲。　落：震落。　灯花：油灯芯燃烧时形成花的形状。

初夏睡起①

杨万里

梅子流酸软齿牙，芭蕉分绿与窗纱。②

日长睡起无情思，闲看儿童捉柳花。③

三衢道中④

曾几⑤

梅子黄时日日晴，小溪泛尽却山行。⑥

绿阴不减来时路，添得黄鹂四五声。⑦

---

① 诗题一作《闲居初夏午睡起》。

② 流酸：带酸。流，一作"留"。　芭蕉分绿与窗纱：芭蕉把绿色分给了窗纱。与，一作"上"，一作"映"。

③ 长：一作"高"。　情思：兴致，情绪。　柳花：柳絮。

④ 三衢：山名，位于今浙江衢州。

⑤ 曾几，字吉甫，自号茶山居士，祖籍赣州（今江西赣州），迁居河南洛阳。南宋诗人。诗风轻快自然。

⑥ 梅子黄时：梅子熟的时候，天气晴好。　泛：浮游，漂浮。　却：又。

⑦ 绿阴：即"绿荫"。

即景^①

朱淑贞

竹摇清影罩幽窗，两两时禽噪夕阳。^②

谢却海棠飞尽絮，困人天气日初长。^③

初夏游张园^④

戴复古^⑤

乳鸭池塘水浅深，熟梅天气半晴阴。^⑥

东园载酒西园醉，摘尽枇杷一树金。^⑦

102

---

① 诗题一作《清昼》，又作《初夏》。　即景：即眼前之景，有感而作。
② 清影：清幽的影子。　罩幽窗：竹影笼罩而使窗前幽暗。　时禽：候鸟。　噪：聒噪，吵扰。
③ 谢却：凋谢，凋零。　絮：柳絮。　困人天气：初夏气候使人慵懒。　日初长：白昼开始变长。
④ 诗题一作《夏日》。
⑤ 戴复古，字式之，自号石屏，天台黄岩（今浙江台州）人。南宋诗人。诗风自然恬淡。
⑥ 乳鸭：新孵出壳的小鸭。　浅深：深浅不一。　熟梅天气：即黄梅成熟时节。　半晴阴：忽晴忽阴。
⑦ 东园载酒西园醉：互文手法，意为一边喝酒一边游园。　枇杷：植物名，其果实球形，成熟时呈现金黄色，味甜。　一树金：熟透的枇杷挂满枝头，如金子一般。

鄂州南楼书事①

黄庭坚②

四顾山光接水光，凭栏十里芰荷香。③

清风明月无人管，并作南来一味凉。④

山亭夏日⑤

高骈⑥

绿树阴浓夏日长，楼台倒影入池塘。⑦

水精帘动微风起，满架蔷薇一院香。⑧

103

---

① 诗题一作《晚楼闲望》。　鄂州：在今湖北武昌一代。　南楼：为纪念东晋庾亮所建
　古楼。　书事：纪事。
② 黄庭坚，字鲁直，自号山谷道人，晚号涪翁、八桂老人等，洪州分宁（今江西修水）
　人。北宋著名诗人、文学家、书法家，他开创了江西诗派。诗风奇硬拗涩。
③ 四顾：向四周望去。　山光：山色。　凭栏：倚着栏杆。　十里：形容水面辽阔。　芰
　荷：菱角与荷花。
④ 管：过问。　并：一起，一同。　一味凉：一阵凉意。
⑤ 诗题一作《山居夏日》。
⑥ 高骈（pián），字千里，幽州（今北京）人。唐末诗人、大将。其诗"雅有奇藻"。
⑦ 阴浓：树荫浓厚。阴，即"荫"。
⑧ 水晶帘：像水晶做的帘子，形容水面晶莹剔透。　一院：满院，全院。

四时田园杂兴 ①

范成大 ②

昼出耘田夜绩麻，村庄儿女各当家。③

童孙未解供耕织，也傍桑阴学种瓜。④

乡村四月 ⑤

翁卷 ⑥

绿遍山原白满川，子规声里雨如烟。⑦

乡村四月闲人少，才了蚕桑又插田。⑧

---

① 诗题一作《田家》，是范成大晚年所作六十首绝句中的第三十一首。
② 范成大，字致能，号石湖居士，吴郡（今江苏苏州）人。南宋诗人。他与杨万里、陆游、尤袤合称南宋"中兴四大诗人"。其诗平易浅显、清新妩媚，题材广泛，以反映农村生活的作品成就最高。
③ 耘田：给田地除草。 绩麻：把麻搓成线。 各当家：每人都担任一定的工作。
④ 童孙：泛指年幼的儿童。 未解：不懂，不知道。 供：从事，参加。 傍：靠近。 阴：树荫。
⑤ 诗题一作《村居即事》。
⑥ 翁卷，字续古，一字灵舒，永嘉乐清（今浙江温州）人。他为南宋诗人，与徐照、徐玑、赵师秀并称"永嘉四灵"。
⑦ 山原：山地和平原。 白：指水。 川：河流。 子规：杜鹃鸟。 雨如烟：细雨如烟一般朦胧。
⑧ 才了：刚刚结束。

题榴花 ①

韩愈

五月榴花照眼明，枝间时见子初成。②

可怜此地无车马，颠倒苍苔落绛英。③

村晚

雷震 ④

草满池塘水满陂，山衔落日浸寒漪。⑤

牧童归去横牛背，短笛无腔信口吹。⑥

---

① 本诗为《题张十一旅舍三咏》之《榴花》篇。　榴花：石榴花。
② 照眼明：指石榴花艳丽光彩，使人眼前一亮。　时见：常见。　子：指石榴果实。
③ 可怜：可惜。　无车马：指无人前来欣赏。　颠倒：杂乱，散落。　苍苔：一作"青苔"。　绛英：红花。这里指落地的石榴花瓣。绛，大红色。
④ 雷震，生平事迹不详，南宋诗人。
⑤ 陂：蓄水的池塘。　衔：口里含着。这里指落日西沉，像被山峦衔着一样。　浸：淹没。　寒漪：带有凉意的水纹。漪，水波，水纹。
⑥ 横：横坐。　无腔：没有曲调。　信口：随口，随意。

书 湖 阴 先 生 壁①

王安石

茅檐长扫净无苔，花木成畦手自栽。②

一水护田将绿绕，两山排闼送青来。③

乌 衣 巷④

刘禹锡

朱雀桥边野草花，乌衣巷口夕阳斜。⑤

旧时王谢堂前燕，飞入寻常百姓家。⑥

---

① 湖阴先生，姓杨，名德逢，号湖阴先生，是诗人的朋友。
② 茅檐：盖着茅草的房檐。　长：一作"常"。　"畦"：田中划分成块的土地。一作"蹊"。
③ 护：回护。　排闼：推门而入。闼，门。　送青来：送来翠绿山色。
④ 本诗为《金陵五题》第二首。　乌衣巷：东晋世家琅琊王氏与陈郡谢氏聚居地，因王谢子弟喜穿黑衣而得名。故址在今江苏南京秦淮河南岸。
⑤ 朱雀桥：秦淮河上的一座桥，在乌衣巷旁边。
⑥ 旧时：从前，指魏晋南北朝时期。　王谢：东晋王导代表的琅琊王氏与谢安所代表的陈郡谢氏两大名门望族。　寻常：平常。

送元二使安西[①]
sòng yuán èr shǐ ān xī

王维

渭城朝雨浥轻尘，客舍青青柳色新。[②]
wèi chéng zhāo yǔ yì qīng chén kè shè qīng qīng liǔ sè xīn

劝君更尽一杯酒，西出阳关无故人。[③]
quàn jūn gèng jìn yì bēi jiǔ xī chū yáng guān wú gù rén

与史郎中钦听黄鹤楼上吹笛[④]
yǔ shǐ láng zhōng qīn tīng huáng hè lóu shàng chuī dí

107

李白

一为迁客去长沙，西望长安不见家。[⑤]
yì wéi qiān kè qù cháng shā xī wàng cháng ān bú jiàn jiā

黄鹤楼中吹玉笛，江城五月落梅花。[⑥]
huáng hè lóu zhōng chuī yù dí jiāng chéng wǔ yuè luò méi huā

① 诗题又名《赠别》《渭城曲》《阳关三叠》。　元二：诗人朋友。　使：出使。　安西：
唐代安西都护府，在今新疆库车一带。
② 渭城：秦都咸阳所在旧城，是当时自长安到西北边疆的必经之地。在今陕西西安。
浥：沾湿。　轻尘：地上的浮土。　客舍：旅舍。　柳：古代送别时常折柳相赠，寓
意留。
③ 更：再。　尽：喝尽。　阳关：故址在今甘肃敦煌西南，为古代中原与西域往来的要
塞。　故人：老朋友。
④ 诗题又作《题北榭碑》《黄鹤楼闻笛》。　史郎中：诗人朋友。郎中，官名。　钦：
一作"饮"。　黄鹤楼：古楼名，在今武昌。
⑤ 一为：一旦成为。　迁客：被贬谪外地的人。　去长沙：诗人用西汉贾谊受权臣馋毁
被贬长沙来自喻。
⑥ 江城：即江夏城（今湖北武昌），因在长江、汉水之滨，故称"江城"。　落梅花：
古曲名，即《梅花落》。

题 淮 南 寺 ①

程颢

南去北来休便休，白蘋吹尽楚江秋。②

道人不是悲秋客，一任晚山相对愁。③

秋 月 ④

程颢

清溪流过碧山头，空水澄鲜一色秋。⑤

隔断红尘三十里，白云黄叶雨悠悠。⑥

---

① 淮南寺：寺名，在今江苏扬州。
② 休便休：想休息就休息，随遇而安。　白蘋：一种水上浮萍，开白花。　楚江：长江中下游的别称。
③ 道人：修道之人。这里指作者自己。　悲秋客：为秋天感到悲哀的人。　一任：任凭，听任。　晚山：即秋天黄昏时的山。
④ 本诗是《入瑞岩道间得四绝句呈彦集、充父二兄弟》中的第三首。
⑤ 碧山头：碧绿的山头，指山上树木葱茏，苍翠欲滴。　空水：天空和溪水。　澄鲜：明净清新。　一色秋：像秋色一样澄明。
⑥ 红尘：人间世俗。　三十：非实数，表示相隔远。　黄叶：落叶。一作"红叶"。悠悠：悠闲自在的样子。

七夕①

杨朴②

未会牵牛意若何，须邀织女弄金梭。③

年年乞与人间巧，不道人间巧已多。④

立秋⑤

刘翰⑥

乳鸦啼散玉屏空，一枕新凉一扇风。⑦

睡起秋声无觅处，满阶梧叶月明中。⑧

---

① 七夕：农历七月初七。相传每年此日，牛郎与织女在鹊桥相会，妇女们当日在院里摆上瓜果、彩线，向织女乞得智巧，所以又称"乞巧节"。

② 杨朴，字契玄，自号东里野民，新郑（今属河南）人。北宋诗人。

③ 会：会意，明白。 牵牛：即牛郎，也指牵牛星，在银河之西。 须：总要，应该。 织女：传说为天帝之女，善纺织。 金梭：织布用的梭子的美称。

④ 乞与：请求给予。 不道：没有料到。

⑤ 立秋：二十四节气之一，常作为秋季的开始。

⑥ 刘翰，字武子，长沙（今属湖南）人。宋代诗人。

⑦ 乳鸦：幼小的乌鸦。 散：散去，消失。 玉屏：精致的屏风。这里指月光照亮下的夜色。 空：空寂。

⑧ 秋声：秋风吹得树木萧瑟作响的声音，也泛指秋天的各种声音。 觅：寻找。 梧叶：梧桐叶，常作为秋天开始的标志。

七夕[1]

杜牧

银烛秋光冷画屏，轻罗小扇扑流萤。[2]

天阶夜色凉如水，卧看牵牛织女星。[3]

中秋月[4]

苏轼

暮云收尽溢清寒，银汉无声转玉盘。[5]

此生此夜不长好，明月明年何处看？

---

[1] 诗题又作《秋夕》《秋夜宫词》。

[2] 银烛：白色而精美的蜡烛。这里指月光。银，一作"红"。　秋光：秋色。　画屏：
有图画的屏风。　轻罗小扇：用绢绸做的小团扇。　流萤：飞动的萤火虫。

[3] 天阶：皇宫中的台阶。一作"天街"。　卧：一作"坐"。

[4] 诗题一作《阳关曲·中秋月》。　中秋月：中秋节的满月。

[5] 溢：漫出，有月色如水之意。　银汉：银河，天河。　玉盘：指中秋的月亮。

江楼有感 ①

赵嘏②

独上江楼思悄然，月光如水水如天。③

同来玩月人何在？风景依稀似去年。④

题临安邸 ⑤

林升⑥

山外青山楼外楼，西湖歌舞几时休？⑦

暖风熏得游人醉，直把杭州作汴州。⑧

---

① 诗题又作《江楼感旧》《江楼感怀》。 江楼：江边的小楼。
② 赵嘏（gǔ），字承祐，楚州山阳（今江苏淮安）人。唐代诗人。他著有《渭南集》。
③ 思悄然：愁思萦绕的样子。悄然，一作"渺然"。
④ 玩月：赏月。一作"望月"，又作"看月"。 何在：在何处，在哪里。 依稀：隐约，
  仿佛。
⑤ 题：写。 临安：南宋都城，今浙江杭州。 邸：客栈。
⑥ 林升，字梦屏，温州平阳（今浙江平阳）人。南宋诗人。
⑦ 几时：何时。 休：停止。
⑧ 暖风：和煦的春风。这里指歌舞带来的靡靡之风。 熏：熏染。 游人：游客。这里
  特指寻欢作乐的南宋贵族。 直：简直。 汴州：北宋都城汴梁。

晓出净慈寺送林子方①

杨万里

毕竟西湖六月中，风光不与四时同。②

接天莲叶无穷碧，映日荷花别样红。③

饮湖上初晴后雨④

苏轼

水光潋滟晴方好，山色空蒙雨亦奇。⑤

欲把西湖比西子，淡妆浓抹总相宜。⑥

---

① 晓出：太阳刚刚升起。　净慈寺：与灵隐寺齐名，在西湖边上。　林子方：诗人的朋友。

② 毕竟：到底。　四时：春、夏、秋、冬四季。

③ 接天：像与天空相连接，用了夸张的手法。　无穷：无边无际。　别样：特别，格外。

④ 苏轼作《饮湖上初晴后雨二首》中第二首。　饮湖上：在西湖上饮酒。湖，即西湖。

⑤ 潋滟：水波荡漾、波光闪动的样子。　方：正。　空蒙：云雾缥缈的样子。蒙，又作"濛"。　亦：也。　奇：奇妙，奇美。

⑥ 欲：如果。　西子：西施，中国古代四大美女之一。　相宜：合适，相称，合宜。

入直[1]

周必大[2]

绿槐夹道集昏鸦，敕使传宣坐赐茶。[3]

归到玉堂清不寐，月钩初上紫薇花。[4]

夏日登车盖亭[5]

蔡确[6]

113

纸屏石枕竹方床，手倦抛书午梦长。[7]

睡起莞然成独笑，数声渔笛在沧浪。[8]

---

① 诗题一作《入直召对宣德殿赐茶而退》。　入直：即"入值"，官员入宫值班。

② 周必大，字子充，一字宏道，号省斋居士、平原老叟等，庐陵（今江西吉安）人。南宋政治家、文学家。

③ 集：聚集，集中。　昏鸦：黄昏时归巢的乌鸦。　敕使：传达皇帝命令的官员。　传宣：传令宣诏。

④ 玉堂：汉宫名。这里指翰林院。　清不寐：神清气爽，久久不能入睡。　月钩：月亮如钩。　初上：一作"初照"。　紫薇：落叶小乔木，夏季开紫红色的花。

⑤ 车盖亭：亭子名，位于今湖北安陆。元祐年间，蔡确被贬此地，此为游车盖亭所作十首绝句中的一首。

⑥ 蔡确，字持正，泉州晋江（今福建晋江）人。宋代诗人。

⑦ 纸屏：用纸做的屏风。　竹方床：方形的竹床。

⑧ 莞然：微笑的样子。　渔笛：渔人吹奏的笛声。　沧浪：即汉水。这里指水面。

直玉堂作①

洪咨夔②

禁门深锁寂无哗，浓墨淋漓两相麻。③

唱彻五更天未晓，一墀月浸紫薇花。④

竹楼⑤

李嘉祐⑥

傲吏身闲笑五侯，西江取竹起高楼。⑦

南风不用蒲葵扇，纱帽闲眠对水鸥。⑧

114

---

① 诗题一作《六月十六日宣锁》，又作《禁锁》。 直：通"值"，值班。 玉堂：玉饰的殿堂，常用作官殿的美称。

② 洪咨夔（kuí），字舜俞，号平斋，临安於潜（今浙江临安）人。南宋诗人。

③ 禁门：官门。 无哗：没有喧哗声。 淋漓：酣畅。 两相麻：两份任命宰相的诏书。宋时，左右丞相拜相前，先由翰林院用黄麻纸起草诏令，故有"宣麻拜相"之称。此处代指诏书。

④ 唱：古时皇官里有专司唱晓报时间。 彻：过。 墀：台阶，也指地面。 紫薇：落叶小乔木，夏季开紫红色的花。

⑤ 此诗一作《寄王舍人竹楼》。

⑥ 李嘉祐，字从一，赵州（今河北赵县）人。唐代诗人。

⑦ 傲吏：不为礼法所屈的官吏。这里为作者自指。 五侯：汉成帝时封王皇后的五个兄弟为列侯。这里泛指达官显贵。 西江：泛指江西一带，其地竹子较多。 起：建造。 高楼：指竹楼。

⑧ 蒲葵扇：用蒲葵叶制成的扇子，俗称蒲扇。 纱帽：夏季的凉帽。

直中书省 ①
zhí zhōng shū shěng

白居易 ②

丝纶阁下文章静，钟鼓楼中刻漏长。③
sī lún gé xià wén zhāng jìng　zhōng gǔ lóu zhōng kè lòu cháng

独坐黄昏谁是伴？紫薇花对紫薇郎。④
dú zuò huáng hūn shuí shì bàn　zǐ wēi huā duì zǐ wēi láng

观书有感 ⑤
guān shū yǒu gǎn

朱熹

115

半亩方塘一鉴开，天光云影共徘徊。⑥
bàn mǔ fāng táng yí jiàn kāi　tiān guāng yún yǐng gòng pái huái

问渠那得清如许？为有源头活水来。⑦
wèn qú nǎ dé qīng rú xǔ　wèi yǒu yuán tóu huó shuǐ lái

---

① 诗题一作《紫薇花》。　直：通"值"。　中书省：官署名，唐代三省之一，负责政策的制定等。

② 白居易，字乐天，号香山居士，下邽（今陕西渭南）人。唐代诗人，是新乐府运动的倡导者。其诗通俗易懂，题材广泛。他与元稹齐名，合称"元白"。

③ 丝纶阁：即中书省，是皇帝起草、颁发诏书的地方。丝纶，帝王的诏书。　钟鼓楼：专门报时间的楼，常为两座，即钟楼和鼓楼，位于城中央。　刻漏：古代的计时工具，用铜壶滴漏，依据漏壶中标尺的刻度来记时间。这里泛指时间。

④ 紫薇郎：唐代中书省又称紫薇省，中书侍郎称紫微侍郎。白居易以翰林学士身份入直中书省，故自称"紫薇郎"。

⑤ 朱熹作《观书有感二首》，此为其一。

⑥ 方塘：又称半亩塘，在福建南溪书院内。　鉴：镜子。　徘徊：来回移动。

⑦ 渠：它。这里指方塘之水。　那得：怎么会。那，即"哪"。　清如许：如此清澈。如，如此，这样。　为：因为。　活水：流动的水。

泛舟①

朱熹

昨夜江边春水生，艨艟巨舰一毛轻。②

向来枉费推移力，此日中流自在行。③

冷泉亭④

林稹⑤

一泓清可沁诗脾，冷暖年来只自知。⑥

流出西湖载歌舞，回头不似在山时。⑦

---

① 此为《观书有感二首》其二。　泛舟：船浮行在水上。
② 生：上涨。　艨艟：古代攻击性强且重量大的战船。这里指大船。　一毛轻：像羽毛
　一样轻盈。
③ 向来：历来。一向。　枉费：白费。　推移力：推船使之移动的力量。　中流：河流
　中。　自在：悠闲，不费力。
④ 冷泉亭：亭名，在今西湖灵隐寺前飞来峰前，亭下涧水称冷泉。
⑤ 林稹（zhěn），字丹山，长洲（今江苏苏州）人。北宋诗人。
⑥ 一泓：一潭深水。这里指冷泉。泓，水深为泓。　清可：清澈可人。　沁：滋润。　诗
　脾：诗思，诗兴。　年来：岁月更替。　自知：自己体会，别人无法理解。
⑦ 载歌舞：载着唱歌跳舞人的船。　回头：回到原处。

冬 景 ①

苏轼

荷尽已无擎雨盖，菊残犹有傲霜枝。②

一年好景君须记，最是橙黄橘绿时。③

枫桥夜泊 ④

张继 ⑤

月落乌啼霜满天，江枫渔火对愁眠。⑥

姑苏城外寒山寺，夜半钟声到客船。⑦

---

① 诗题一作《赠刘景文》。　刘景文：诗人的朋友。
② 荷尽：荷花枯萎，残败凋谢。　擎：举，向上托。　雨盖：旧称雨伞，诗中比喻荷叶。
菊残：菊花凋残。　傲霜枝：不怕霜冻的枝叶。
③ 君：对男子的敬称。　须：一定。　最是：正是。　橙黄橘绿：橙子橘子成熟。这里
指秋天。
④ 诗题一作《夜泊枫江》。　枫桥：在今江苏苏州阊门外的枫桥镇。　夜泊：夜间把船
停靠在岸边。
⑤ 张继，字懿孙，唐代诗人。襄州（今湖北襄阳）人。其诗多纪行游览、酬赠送别之
作，诗风清丽，不事雕琢。
⑥ 乌啼：乌鸦啼鸣。　霜：指天气严寒。　江枫：江边枫树。　渔火：一说为渔船的灯
火。　对愁眠：带着忧愁睡觉。
⑦ 姑苏：苏州的别称，因城西南有姑苏山而得名。　寒山寺：在枫桥西一里，始建于南
朝，相传因唐代诗僧寒山曾住于此而得名。　夜半钟声：古代佛寺有半夜敲钟的习惯，
称"无常钟"或"分夜钟"。

寒 夜

杜耒[1]

寒夜客来茶当酒，竹炉汤沸火初红。[2]

寻常一样窗前月，才有梅花便不同。[3]

霜 月

李商隐[4]

初闻征雁已无蝉，百尺楼台水接天。[5]

青女素娥俱耐冷，月中霜里斗婵娟。[6]

118

---

[1] 杜耒（lěi），南宋诗人，字子野，号小山。南城（今江西抚州）人。

[2] 茶当酒：以茶代酒。 竹炉：用竹篾做成的套子套着的火炉。 汤沸：热水沸腾。

[3] 寻常：平常。

[4] 李商隐，字义山，号玉谿生、樊南生，祖籍怀州河内（今河南沁阳）人，后迁居荥阳（今河南郑州）。他是晚唐著名诗人，和杜牧合称"小李杜"，与温庭筠合称为"温李"。其诗构思缜密，精工富丽，婉转和谐。

[5] 征雁：大雁春飞到北方，秋飞到南方，故称征雁。此指大雁南飞。 百尺楼台：泛指高楼。台，一作"高"。 水接天：水与天空在远处连接。

[6] 青女：神话中主管霜雪的女神。 素娥：嫦娥。 俱：都。 斗：比赛。 婵娟：美好的容态。

梅

王淇

不受尘埃半点侵，竹篱茅舍自甘心。①

只因误识林和靖，惹得诗人说到今。②

早春③

白玉蟾④

南枝才放两三花，雪里吟香弄粉些。⑤

淡淡著烟浓著月，深深笼水浅笼沙。⑥

119

---

① 侵：沾染，侵蚀。　甘心：安于现状。
② 误识：错误地认识。　林和靖：指林逋，他一生淡泊名利，终身不娶，与梅、鹤相伴，
有"梅妻鹤子"之说。
③ 早春：初春。
④ 白玉蟾，原名葛长庚，字白叟，号海南翁、海琼子等，福建闽清人。南宋诗人、道士。
⑤ 南枝：向南面阳的梅枝。　吟香：含苞初放的花香。　弄：赏玩。　粉：粉白色，指
白梅。　些：句末语气词。
⑥ 著：附着，抹上。　笼：笼罩。

雪梅①

其一

卢梅坡②

méi xuě zhēng chūn wèi kěn xiáng　sāo rén gē bǐ fèi píng zhāng
梅雪争春未肯降，骚人搁笔费评章。③

méi xū xùn xuě sān fēn bái　xuě què shū méi yí duàn xiāng
梅须逊雪三分白，雪却输梅一段香。④

120

雪梅

其二

卢梅坡

yǒu méi wú xuě bù jīng shén　yǒu xuě wú shī sú liǎo rén
有梅无雪不精神，有雪无诗俗了人。⑤

rì mù shī chéng tiān yòu xuě　yǔ méi bìng zuò shí fēn chūn
日暮诗成天又雪，与梅并作十分春。⑥

---

① 诗题一作《梅花》。
② 卢梅坡，南宋诗人。
③ 降：降服，服输。　骚人：诗人。　阁笔：意为诗人自觉无力表达梅、雪的风韵，不敢妄自动笔。　阁：同"搁"，放下。　评章：评议，判断。
④ 须：本来。　逊：稍逊，稍差。
⑤ 不精神：指不能真正显现梅的气韵品质。　俗了人：给人庸俗之感。
⑥ 十分春：十足的春光。

答钟弱翁^①

牧童^②

草铺横野六七里，笛弄晚风三四声。^③

归来饱饭黄昏后，不脱蓑衣卧月明。^④

泊秦淮^⑤

杜牧

烟笼寒水月笼沙，夜泊秦淮近酒家。^⑥

商女不知亡国恨，隔江犹唱《后庭花》。^⑦

———

① 钟弱翁：名傅，他生活在北宋末南宋初，官至集贤殿修撰，龙图阁大学士。
② 牧童，放牛的孩子，北宋人，姓名及生平事迹都不详。
③ 铺：铺开。　横野：遍野。　弄：吹奏。
④ 蓑衣：用草或棕毛编织成的防雨用具。　卧月明：睡卧月光下。
⑤ 诗题一作《秦淮夜泊》。　秦淮：即秦淮河，长江下游支流，在今江苏南京城，有"秦淮八景"的说法。
⑥ 烟：烟雾，或指雾气。　笼：笼罩。　泊：停泊。
⑦ 商女：歌女。　亡国恨：国家灭亡的遗恨。　江：指长江。　犹：仍然，还。《后庭花》：即《玉树后庭花》，歌曲名，为南朝陈后主所作，后世将其作为亡国之音。

归雁

钱起

潇湘何事等闲回？水碧沙明两岸苔。①

二十五弦弹夜月，不胜清怨却飞来。②

题壁③

无名氏

一团茅草乱蓬蓬，蓦地烧天蓦地空。④

争似满炉煨榾柮，漫腾腾地暖烘烘。⑤

---

① 潇湘：潇水与湘水。这里指南方。　何事：为何，因为什么。　等闲：轻易，随便。
苔：植物名，雁喜欢吃。
② 二十五弦：指瑟，古瑟五十弦，后改为二十五弦。　胜：承受。　清怨：凄清愁怨。
③ 题壁：将诗文题写在檐壁间。本诗为打油诗。
④ 蓬蓬：杂乱的样子。　蓦地：出乎意料地，突然地。
⑤ 争似：怎似。　煨：用小火慢慢地烧，使东西加热烘干烤熟。　榾柮：树根，木疙瘩。
漫腾腾地：缓缓地。漫，同"慢"。

七言律诗

卷四

早朝大明宫①

贾至②

银烛朝天紫陌长，禁城春色晓苍苍。③

千条弱柳垂青琐，百啭流莺绕建章。④

剑佩声随玉墀步，衣冠身惹御炉香。⑤

共沐恩波凤池上，朝朝染翰侍君王。⑥

---

① 诗题一作《早朝大明宫呈两省僚友》。早朝：文武百官上早朝。 大明宫：唐宫殿名，始建于贞观八年，帝王们多在此处理政务。

② 贾至，字幼邻，洛阳（今属河南）人。唐代诗人。其诗典雅华赡，意境悠远。

③ 银烛：银色的烛光。此指百官早朝时拿的灯火，一说喻作月光。 紫陌：京城郊野的道路。

④ 弱柳：嫩柳。 青琐：皇宫门上刻绘的青色连环花纹。这里代指宫门。 百啭：鸣声婉转多样。啭，鸟鸣。 流莺：飞着的黄莺。 建章：汉代宫殿名。这里指大明宫。

⑤ 剑佩：百官在朝觐时佩戴的宝剑和玉佩。 玉墀：宫殿中玉石砌筑的台阶。 惹：沾染，携带。 御炉：宫中的香炉。

⑥ 沐：沐浴，身受。 凤池：凤凰池。这里指中书省。 朝朝：每日。 染翰：以墨染笔，指在中书省为国家起草诏令文书。瀚，毛笔。 侍：侍奉。

和贾舍人早朝①

杜甫

五夜漏声催晓箭，九重春色醉仙桃。②

旌旗日暖龙蛇动，宫殿风微燕雀高。③

朝罢香烟携满袖，诗成珠玉在挥毫。④

欲知世掌丝纶美，池上于今有凤毛。⑤

① 本诗是杜甫对贾至《早朝大明宫呈两省僚友》的答和诗。　和：和诗，以诗词酬答。
贾舍人：时任中书舍人的贾至。
② 五夜：即五更，约凌晨三点到五点。　漏声：漏壶滴水声。箭，漏箭。漏壶中带有刻
度的箭状物，用于计时。　九重：帝王所住的皇宫。　仙桃：指桃花开放。
③ 旌旗：旗帜。　龙蛇：指旌旗上所绘制的龙蛇图案。　动：舞动。　风微：微风轻拂。
高：高飞。
④ 朝罢：早朝结束。　珠玉：本意为珠圆玉润。这里指贾至的诗句婉转优美。　挥毫：
挥笔写诗。
⑤ 世掌：世代掌管，指贾至父子相继担任过中书舍人。　丝纶：皇帝的诏书。　池：指
凤凰池，即中书省。　有凤毛：比喻珍贵难得的人物。出自《宋书》，谢凤之子超宗
文辞似其父，宋明帝夸赞他"殊有凤毛"。这里是指贾至得到了父亲真传，诗文富有
文采。

和贾舍人早朝①

王维

绛帻鸡人报晓筹，尚衣方进翠云裘。②

九天阊阖开宫殿，万国衣冠拜冕旒。③

日色才临仙掌动，香烟欲傍衮龙浮。④

朝罢须裁五色诏，佩声归到凤池头。⑤

---

① 本诗是王维对贾至《早朝大明宫呈两省僚友》的和诗。

② 绛帻：红色头巾。　鸡人：古代宫中报更人。天将亮，头戴红巾的卫士高声喊叫，提醒百官时间。　晓筹：即更筹，计时用的竹片或铜片。　尚衣：尚衣局，负责掌管皇帝的衣服。　翠云裘：翠绿色皮裘。

③ 九天：极言天之崇高广阔，此处指帝王所居的皇宫。　阊阖：神话中的天门。这里指皇宫门。　万国衣冠：各国的使臣。衣冠，官员的穿戴。这里指文武百官。　冕旒：古代帝王戴的礼冠。这里指皇帝。旒，冠前后悬垂的玉串。

④ 日色：日光。　仙掌：皇帝专用的掌扇，用来遮光挡雨。这里说明皇帝地位尊贵。　傍：依靠。　衮龙：皇帝龙袍上绣的龙纹。　浮：浮现。

⑤ 裁：拟写。　五色诏：用五色纸写的诏书。　佩声：环佩之声，古时官员朝服系有玉佩，走动时发出声响。

126

和贾舍人早朝^①

岑参

鸡鸣紫陌曙光寒，莺啭皇州春色阑。^②

金阙晓钟开万户，玉阶仙仗拥千官。^③

花迎剑佩星初落，柳拂旌旗露未干。^④

独有凤凰池上客，《阳春》一曲和皆难。^⑤

127

① 本诗是岑参应贾至《早朝大明宫呈两省僚友》所作和诗。
② 紫陌：京师郊外的道路。　曙光：破晓时的阳光。　啭：婉转的鸟叫声。　皇州：京都，即长安。　阑：尽。
③ 金阙：宫阙。这里指大明宫。　万户：宫门。　仙仗：天子的仪仗。
④ 剑佩：佩剑及所带配饰，指朝官所佩戴的饰物，也可指禁卫军武装。　星初落：星星刚落，天刚亮。
⑤ 凤凰池：指中书省。《阳春》：古代楚国曲名，以高雅著称，称之为"阳春白雪"，与之相反的是"下里巴人"。这里指贾至的诗高雅优美。

上元应制①

蔡襄②

高列千峰宝炬森，端门方喜翠华临。③

宸游不为三元夜，乐事还同万众心。④

天上清光留此夕，人间和气阁春阴。⑤

要知尽庆华封祝，四十余年惠爱深。⑥

---

① 上元：又称元宵节，在农历正月十五。　应制：应皇帝之命写诗作文。此诗为宋嘉祐八年（1063）上元之夜，蔡襄随侍宋仁宗观灯时，奉命所作。

② 蔡襄，字君谟，兴化仙游（今福建仙游）人。北宋诗人。其诗清妙，意蕴深厚。他擅书法，与苏轼、黄庭坚、米芾合称"宋四家"。

③ 高：一作"叠"。　千峰：灯火重叠如山峰。古代元宵节，常将彩灯堆叠成山，取名鳌山。　宝炬：宝灯，宝烛。　森：排列紧密。　端门：宫殿的正门。　翠华：用翠鸟羽毛装饰的旗帜。这里指皇帝的仪仗。

④ 宸游：帝王出游。宸，皇帝的住处。　三元：农历正月十五为上元、七月十五为中元、十月十五为下元，合称为"三元"。此处特指上元节。

⑤ 清光：指月光。　和气：祥瑞之气。　阁：同"搁"，留。　春阴：春夜。

⑥ 华封祝：即华封三祝，长寿、富有、多子。后用以表示对帝王的祝福。　四十余年：指仁宗皇帝自登基至嘉祐八年已有四十多年。　爱：一作"化"。

上元应制[1]

王珪[2]

雪消华月满仙台，万烛当楼宝扇开。[3]

双凤云中扶辇下，六鳌海上驾山来。[4]

镐京春酒沾周宴，汾水秋风陋汉才。[5]

一曲升平人共乐，君王又进紫霞杯。[6]

---

[1] 本诗原题为《依韵恭和御制上元观灯》，是对皇帝所作《上元观灯》的应和诗。

[2] 王珪（guī），字禹玉，华阳（今四川成都）人。北宋诗人。其文章气魄宏大，诗多描写宫廷生活。

[3] 华月：月亮的光华。　仙台：皇宫中的楼台。　当：对着。　宝扇：皇帝两边的掌扇。这里指皇帝的仪仗。

[4] 双凤：服侍皇帝的两位侍者。　辇：皇帝乘坐的车。　六鳌：《庄子》载，海上有仙山，由六只鳌鱼驮着。这里指灯会的鳌山。

[5] 镐京：西周都城，在今西安附近。这里指宋都汴梁。　沾：参加。　周宴：周武王曾在灭商后在镐京大宴群臣。这里指宋哲宗在元宵夜所设宴席。　汾水秋风：汉武帝刘彻巡游山西时，曾在汾水赐宴群臣并作《秋风辞》。这里指哲宗皇帝在宴会上赋诗的盛况。　陋：轻视。　汉才：汉武帝君臣的才能。

[6] 升平：即《万岁升平》，宋教坊歌曲，是歌颂天下太平之曲。　共：一作"尽"。　进：进奉。一作"尽"。　紫霞杯：一种刻有紫霞流云的名贵酒杯。

侍宴①

沈佺期②

皇家贵主好神仙，别业初开云汉边。③

山出尽如鸣凤岭，池成不让饮龙川。④

妆楼翠幌教春住，舞阁金铺借日悬。⑤

敬从乘舆来此地，称觞献寿乐《钧天》。⑥

130

---

① 诗题一作《侍宴安乐公主新宅应制》，是诗人侍从安乐公主宴会时奉命所作。

② 沈佺（quán）期，字云卿，相州内黄（今河南）人。唐代诗人，他被胡应麟誉为初唐七律之冠。他与宋之问齐名，合称"沈宋"。

③ 贵主：尊贵的公主。这里指安乐公主。　好：喜好。　别业：别墅。　初开：刚刚建成。　云汉边：直上云霄，形容楼阁高大雄伟。

④ 鸣凤岭：山名，在今陕西境内。　不让：不弱于，不差于。　饮龙川：指渭水。相传是文王最初兴起之地，象征身份高贵。

⑤ 妆楼：梳妆楼。　翠幌：翠绿色的帘幕。　舞阁：专供舞蹈表演的台阁。　金铺：门上的黄金装饰。

⑥ 乘舆：天子的车驾。　称觞：举起酒杯。觞，盛酒的容器。　献寿：敬酒祝寿。《钧天》：乐曲名，即《钧天广乐》，泛指宫廷演奏的乐曲。

答丁元珍①

欧阳修②

春风疑不到天涯，二月山城未见花。③

残雪压枝犹有橘，冻雷惊笋欲抽芽。④

夜闻归雁生乡思，病入新年感物华。⑤

曾是洛阳花下客，野芳虽晚不须嗟。⑥

131

---

① 诗题一作《戏答元珍》。 元珍：即丁宝臣，字元珍，时为峡州军事判官，是欧阳修好友。丁宝臣曾作《花时久雨》赠与欧阳修，作者以此诗赠答。
② 欧阳修，字永叔，号醉翁，晚号六一居士，谥号文忠，吉州（今江西吉安）人。北宋政治家、文学家、诗人，他领导北宋诗文革新运动，为"唐宋八大家"之一。
③ 疑：怀疑。 天涯：天边。这里指诗人被贬地峡州。 山城：靠山的城。
④ 残雪：尚未融化的雪。 冻雷：初春时节的雷。
⑤ 病入新年：带病进入新年。 感物华：感叹美好景物。
⑥ 洛阳：北宋时的西京，以多名苑花卉著称。 野芳：野花。 嗟：叹息。

插花吟①

邵雍②

头上花枝照酒卮，酒卮中有好花枝。③

身经两世太平日，眼见四朝全盛时。④

况复筋骸粗康健，那堪时节正芳菲。⑤

酒涵花影红光溜，争忍花前不醉归。⑥

---

① 插花：戴花。古时男女都有在鬓边插花的习俗。
② 邵雍，字尧夫，自号安乐先生，祖籍范阳（今河北涿州）。北宋理学家、诗人，他与
   周敦颐、张载、程颐、程颢并称"北宋五子"。
③ 酒卮：酒器。
④ 两世：六十年。古以三十年为一世。　四朝：作者经历了北宋真宗、仁宗、英宗、神
   宗四个朝代。
⑤ 况复：况且又，何况又。　筋骸：筋骨。　粗：粗略，大致。　那堪：哪里能忍受。那，
   即"哪"。　芳菲：花草芳香繁盛。这里指一切事物的美好。
⑥ 酒涵花影：酒中包含着花影。　溜：浮动。　争忍：怎忍得。

寓　意①

晏殊②

油壁香车不再逢，峡云无迹任西东。③

梨花院落溶溶月，柳絮池塘淡淡风。④

几日寂寥伤酒后，一番萧瑟禁烟中。⑤

鱼书欲寄何由达，水远山长处处同。⑥

133

---

① 诗题一作《无题》。　寓意：借物寄托本意。
② 晏殊，字同叔，临川（今江西抚州）人。他是北宋著名词人、诗人，与其子晏几道在
　 词坛上被称为"大晏"与"小晏"。
③ 油壁香车：即油壁车和香车。这里泛指美人乘坐的华美车子。　峡云：巫山峡谷上的
　 云彩。此处暗用宋玉《高唐赋》中楚王梦与巫山神女相会的典故，后常以巫峡云雨指
　 男女爱情。
④ 梨花院落：开满梨花的院子。　溶溶：月光似水一般流动。　柳絮池塘：飘满柳絮的
　 池塘。　淡淡：春风轻柔。
⑤ 寂寥：寂寞。　伤酒：饮酒过量导致身体不适。　萧瑟：缺乏生机，萧条冷清。一作
　 "萧索"。　禁烟：清明节前一天为寒食节，在此期间禁烟火，吃冷食。
⑥ 鱼书：书信。　何由达：怎么能够送达。　水远山长：形容相隔很远，重重阻隔。

寒食书事①

赵鼎②

寂寂柴门村落里，也教插柳纪年华。③

禁烟不到粤人国，上冢亦携庞老家。④

汉寝唐陵无麦饭，山溪野径有梨花。⑤

一樽竟藉青苔卧，莫管城头奏暮笳。⑥

---

① 寒食：节令名，在清明前一天。相传晋文公为悼念介之推抱木自焚而死，规定这一日禁火，吃寒食。　书事：记事。

② 赵鼎，字元镇，自号得全居士，解州闻喜（今山西）人。南宋政治家、词人，官至宰相。他工文擅诗，文章气势畅达，诗朴素而圆美。一说作者为刘克庄。

③ 寂寂：清静冷落。一作"寂寞"。　柴门：篱笆门。　也教：也懂得。　插柳：古代寒食节有在门上插柳的习俗。　纪年华：纪录时年流转。

④ 粤人国：今广东、广西一带。　上冢：去坟前祭扫。冢，坟墓。　庞老家：指庞德公一家。庞德公，东汉人，隐居在岘山种田。后来隐士司马徽来看他，正碰上他上坟扫墓归来。

⑤ 汉寝唐陵：指汉代和唐代帝王的陵寝。寝，古代帝王陵墓之上的大殿，为祭祀的处所。　麦饭：磨碎的麦子做成的饭。这里指粗糙的祭品。

⑥ 樽：酒杯。　竟：喝完。　藉：靠，枕。　莫：不要。　笳，古时北方少数民族的一种乐器。

清 明

黄庭坚

佳节清明桃李笑，野田荒冢只生愁。①

雷惊天地龙蛇蛰，雨足郊原草木柔。②

人乞祭余骄妾妇，士甘焚死不公侯。③

贤愚千载知谁是？满眼蓬蒿共一丘。④

135

---

① 桃李笑：桃花与李花开放。这里用拟人手法。　荒冢：长满荒草的坟墓。
② 龙蛇蛰：龙蛇百虫起动。蛰，本指动物冬眠时在土中或洞穴里，这里指惊起。　郊原：
　野外，郊外。　柔：嫩。
③ 人乞祭余：在坟地乞讨祭祀剩下的酒饭，后形容为牟利不择手段，典出《孟子·离娄
　下》。　士甘焚死：春秋时期，介子推跟随晋文公出逃，归国后不愿受封，携母隐居
　深山。晋文公下令放火烧山，结果介子推被活活烧死。　公侯：这里指做官。
④ 是：对，正确。　蓬蒿：杂草。　共：同。　丘：指坟墓。

清明

高翥①

南北山头多墓田，清明祭扫各纷然。②

纸灰飞作白蝴蝶，泪血染成红杜鹃。③

日落狐狸眠冢上，夜归儿女笑灯前。④

人生有酒须当醉，一滴何曾到九泉。⑤

---

① 高翥（zhù），原名公弼，字九万，号菊涧，余姚（今属浙江）人。他是南宋"江湖派"诗人的重要代表，其诗具有民歌风味。
② 墓田：坟地。　纷然：众多、繁忙的样子。
③ 纸灰：纸钱焚烧后剩下的灰烬。　泪血：引用杜鹃啼血的典故，形容悲伤之情。
④ 冢：坟墓。
⑤ 何曾：什么时候。　九泉：地下黄泉，传说人死后的去处。

郊行即事

程颢

芳原绿野恣行时，春入遥山碧四围。①

兴逐乱红穿柳巷，困临流水坐苔矶。②

莫辞盏酒十分劝，只恐风花一片飞。③

况是清明好天气，不妨游衍莫忘归。④

137

---

① 恣行：任意行走，尽情游赏。恣，放纵，放肆。　遥山：远山。　碧四围：四野一片碧绿。
② 兴：乘兴，尽兴。　乱红：零乱繁多的落花。　困：与"兴"相对，困乏。　苔矶：长满青苔的石头。矶，水边突出的石头。
③ 莫辞：不要推辞。　只恐：只怕。　风花：随风飘飞的花。
④ 游衍：恣意游逛。　莫：有两种解释，一为不要，一通"暮"。

秋千

惠洪[①]

画架双裁翠络偏，佳人春戏小楼前。[②]

飘扬血色裙拖地，断送玉容人上天。[③]

花板润沾红杏雨，彩绳斜挂绿杨烟。[④]

下来闲处从容立，疑是蟾宫谪降仙。[⑤]

---

① 惠洪，又作"僧惠洪""释惠洪"，名德洪，字觉范，筠州新昌（今江西宜丰）人。北宋诗僧、佛学家。

② 画架：绘有彩图的秋千架。　翠络：绿色的秋千绳。　佳人：美人。　戏：玩耍，游戏。这里指荡秋千。

③ 血色：红色。　断送：向高处推去。　玉容：如玉的容颜。这里指荡秋千的美人。

④ 花板：秋千上刻花的脚踏板。　红杏雨：红杏枝头的露水。绿杨烟：绿色杨柳上笼罩的烟雾。

⑤ 闲处：幽静的地方。这里指秋千边。　蟾宫：月宫。传说月中有蟾蜍，故名。　谪降仙：贬谪下凡的仙子。这里指荡秋千的女子。

曲江^①

其一

杜甫

一片花飞减却春，风飘万点正愁人。^②

且看欲尽花经眼，莫厌伤多酒入唇。^③

江上小堂巢翡翠，苑边高冢卧麒麟。^④

细推物理须行乐，何用浮名绊此身？^⑤

① 诗题一作《曲江对酒》，为杜甫在"安史之乱"期间所作。　曲江：即曲江池，在长安城东南，是当时达官贵人与百姓的重要游览场所。

② 减却：减少，减掉。却，语气词，无实义。　万点：形容落花之多。　愁人：使人发愁。

③ 欲尽：花将开完。　经眼：从眼前经过。　莫：不要。　伤：伤感，厌烦。

④ 巢翡翠：翡翠鸟筑巢。翡翠，又称翠雀，雄赤曰翡，雌青曰翠。　苑边高冢：指曲江胜景之一的芙蓉苑。　麒麟：传说中的瑞兽之一。这里指麒麟石像。

⑤ 推：推究。　物理：事物的道理。　浮名：虚名。　绊：束缚，牵绊。

曲江

其二

杜甫

朝回日日典春衣，每日江头尽醉归。①

酒债寻常行处有，人生七十古来稀。②

穿花蛱蝶深深见，点水蜻蜓款款飞。③

传语风光共流转，暂时相赏莫相违。④

---

① 朝回：上朝回来。　典：抵押，典当。　江头：曲江头。
② 寻常：平常。　行处：所到的地方。　古来稀：古稀之年，七十岁。
③ 穿花：在花丛中穿行。　见：通"现"。　款款：缓缓的样子。
④ 传语：传话给。　风光：春光。　流转：盘桓，逗留。　相违：错过，违背。

黄鹤楼①

崔颢

昔人已乘黄鹤去，此地空余黄鹤楼。②

黄鹤一去不复返，白云千载空悠悠。③

晴川历历汉阳树，芳草萋萋鹦鹉洲。④

日暮乡关何处是？烟波江上使人愁。⑤

141

---

① 黄鹤楼：故址在湖北武昌黄鹤山。传说仙人吕子安曾乘鹤经过此地。
② 昔人：指乘鹤的仙人。　去：离开。　空余：只剩下。
③ 悠悠：形容年代久远。
④ 晴川：晴朗的江面。此处指汉江。　历历：清晰可数。　汉阳：地名，在武昌西北，
与黄鹤楼隔江相望。　萋萋：形容草木茂盛。　鹦鹉洲：长江中的一个小洲。相传，
东汉祢衡曾作《鹦鹉赋》，死后葬于此洲，故名。
⑤ 乡关：故乡。　烟波：雾气笼罩的江面。

春夕旅怀①

崔涂②

水流花谢两无情，送尽东风过楚城。③

蝴蝶梦中家万里，杜鹃枝上月三更。④

故园书动经年绝，华发春惟满镜生。⑤

自是不归归便得，五湖烟景有谁争？⑥

---

① 诗题又作《旅怀》《春夕旅游》《春夕旅梦》。　旅怀：旅客思乡的情怀。
② 崔涂，字礼山，桐庐富春（今属浙江）人。他是唐代诗人，善音律，工诗，多以漂泊
　为题材，多旅愁之作。
③ 楚城：泛指江南楚地。
④ 蝴蝶梦：语出《庄子》中"庄周梦蝶"，指美好的梦。　杜鹃：鸟名，一作"子规"，
　鸣声凄切。　三更：三更天，午夜前后。
⑤ 故园：家乡。　动：动辄，每每。　经年：常年。　绝：断绝。　华发：白发。　春
　惟满镜生：一作"春催两鬓生"。
⑥ 自是：本是。　五湖：即太湖。　烟景：指风光景物。

寄李儋元锡①

韦应物

去年花里逢君别，今日花开又一年。②

世事茫茫难自料，春愁黯黯独成眠。③

身多疾病思田里，邑有流亡愧俸钱。④

闻道欲来相问讯，西楼望月几回圆？⑤

---

① 诗题又作《答李儋元锡》《答李儋》。 李儋：字元锡，曾任殿中侍御史，韦应物好友。
此诗是作者任滁州刺史后，回应李儋问候而作。
② 花里：花开时节，指春季。
③ 春愁：春天的愁绪。 黯黯：黯然伤神。
④ 思田里：想念故乡，有归隐之心。 邑有流亡：指在自己管辖的地区内还有百姓流
亡。 愧俸钱：愧对做官的俸禄。
⑤ 闻道：听说。 问讯：探望。

江 村

杜甫

清江一曲抱村流，长夏江村事事幽。①

自去自来梁上燕，相亲相近水中鸥。②

老妻画纸为棋局，稚子敲针作钓钩。③

多病所须惟药物，微躯此外复何求。④

① 清江：清澈的江水。这里指浣花溪，为岷江的支流。　曲：曲折。　抱：环绕。　幽：
宁静，安闲。
② 自去自来：来去自由、无拘无束的样子。　相亲相近：形容鸥鸟融洽亲近。
③ 稚子：幼子，小孩。
④ 须：需要。一作"需"。　惟：只是。　微躯：微贱的身躯，作者自谦之辞。

夏日

张耒①

长夏江村风日清，檐牙燕雀已生成。②

蝶衣晒粉花枝舞，蛛网添丝屋角晴。③

落落疏帘邀月影，嘈嘈虚枕纳溪声。④

久斑两鬓如霜雪，直欲樵渔过此生。⑤

145

① 张耒，字文潜，号柯山，人称宛丘先生，楚州淮阴（今江苏淮阴）人。他是北宋诗人，"苏门四学士"之一。其诗不尚雕琢，平易自然。
② 风日清：天清气爽，风和日丽。 檐牙：即屋檐。因其边缘呈牙齿状，故称。
③ 蝶衣：蝴蝶美如华衣的翅膀。 晒粉：蝴蝶展翅晒翅膀上的花粉。
④ 落落：稀疏的样子。 邀月影：月影透过疏帘，如被邀请而来一般。 嘈嘈：声音嘈杂。 虚枕：空心的枕头。 纳溪声：传来流水声。
⑤ 斑：斑白。 直欲：真想，真愿意。 樵渔：砍柴打鱼。这里指隐居。

辋川积雨^①

王维

积雨空林烟火迟，蒸藜炊黍饷东菑。^②

漠漠水田飞白鹭，阴阴夏木啭黄鹂。^③

山中习静观朝槿，松下清斋折露葵。^④

野老与人争席罢，海鸥何事更相疑？^⑤

① 诗题一作《积雨辋川庄作》。 辋川：王维隐居之所，在今陕西蓝田一带的终南山。积雨：形容雨下的时间很长。
② 烟火迟：烟火因为积雨而升得很缓慢。 藜：野菜名，又名灰菜，嫩叶可食。 黍：谷物名，即黄米。饷，送饭食到田间地头。 东菑：在东边耕田的人。菑，初耕的田地。这里泛指农田。
③ 漠漠：形容广阔无际。 阴阴：幽暗。 夏木：高大的树木。夏，大。 啭：鸟婉转的鸣叫声。 黄鹂：黄莺。
④ 习静：过惯幽静的环境。 朝槿：即木槿，花朝开暮落，常用来比喻事物变化快或时间短暂。 清斋：素食。 露葵：带有露水的葵菜。
⑤ 野老：村野老人，此处指作者自己。 争席罢：不再争夺座位，退隐山林。争席，典出《庄子·杂篇·寓言》：杨朱从老子学成归来后，客人们不再给他让座，而与他"争席"，说明杨朱已得自然之道。 海鸥：典出《列子·黄帝》：喜欢海鸥的人与海鸥很亲近，互不猜疑。一天，其父亲要他捉海鸥。当他再次来到海滨时，海鸥便不亲近他了。这里借海鸥喻人事。 何事：一作"何处"。

新 竹^①

陆游^②

插棘编篱谨护持，养成寒碧映涟漪。^③

清风掠地秋先到，赤日行天午不知。^④

解箨时闻声簌簌，放梢初见影离离。^⑤

归闲我欲频来此，枕簟仍教到处随。^⑥

147

---

① 诗题一作《东湖新竹》。
② 陆游，字务观，号放翁，越州山阴（今浙江绍兴）人。他是南宋著名诗人，是"中兴四大诗人"之一。其诗作近万首，诗风雄浑奔放。
③ 插棘编篱：用荆棘编成篱笆，指开始种竹时的情况。棘，有刺的草木。　谨：小心。护持：保护。　寒碧：本指碧玉。这里指新竹。　涟漪：细小的水纹。这里指微波荡漾的水面。
④ 掠地：吹拂地面。　秋先到：提前感受到秋天的凉爽。　赤日：烈日。
⑤ 解箨：竹子生长时脱去笋壳。箨，笋壳。　簌簌：象声词，形容笋壳脱落时的声音。放梢：竹梢生长伸展。梢，枝头末端。　离离：竹影纵横交错的样子。
⑥ 官闲：公务清闲，一作"归闲"。　频：经常，频繁。　簟：竹席。

表兄话旧①

窦叔向②

夜合花开香满庭，夜深微雨醉初醒。③

远书珍重何由达，旧事凄凉不可听。④

去日儿童皆长大，昔年亲友半凋零。⑤

明朝又是孤舟别，愁见河桥酒幔青。⑥

---

① 诗题一作《夏夜宿表兄话旧》。 话旧：叙谈过去的事。
② 窦叔向，字遗直，扶风（今陕西凤翔）人。唐代诗人。
③ 夜合花：即合欢花，白天开放，夜晚闭合，极香。
④ 远书：远方的书信。 何曾：一作"何由"。 达：到达，一作"答"。 旧事：往事。 不可听：听不下去。
⑤ 去日：往日。 昔：过去。 凋零：草木凋落。这里指死亡。
⑥ 明朝：明天。 酒幔：古时酒店门前招揽客人的布招子，多用青白布制成。

偶 成 ^①

程颢

闲来无事不从容，睡觉东窗日已红。^②

万物静观皆自得，四时佳兴与人同。^③

道通天地有形外，思入风云变态中。^④

富贵不淫贫贱乐，男儿到此是豪雄。^⑤

149

---

① 偶成：偶有所感而写成。
② 闲来：闲时。　从容：不慌不忙、闲适的样子。　睡觉：睡醒了。
③ 万物：天地间的事物。　静观：静静地观察。　自得：安逸舒适。　四时：春夏秋冬
　 四季。　佳兴：有兴味的情趣，雅兴。
④ 道：道理，真理。　通：贯通。
⑤ 富贵不淫贫贱乐：语出《孟子·滕文公下》"富贵不能淫，贫贱不能移，威武不能屈"，
　 不因富贵而乱了志向，在贫贱中仍然自得其乐。淫，惑乱，迷乱。　豪雄：英雄。

游月陂①

程颢

月陂堤上四徘徊，北有中天百尺台。②

万物已随秋气改，一樽聊为晚凉开。③

水心云影闲相照，林下泉声静自来。④

世事无端何足计，但逢佳节约重陪。⑤

150

---

① 月陂：陂名，地址不详。陂，水池。
② 四徘徊：四顾徘徊，来回走动。　中天：空中，形容台高。
③ 樽：盛酒的器具。这里代指酒。　聊：暂且。
④ 水心：水的中央。　相照：相互映照。　林下：树林之下。这里指退隐之所。
⑤ 无端：变化多端，无常。　何足计：不值得计较。　但：只要。　约：邀请。　重陪：再来相陪。

秋 兴 ①

其一

杜甫

玉露凋伤枫树林，巫山巫峡气萧森。②

江间波浪兼天涌，塞上风云接地阴。③

丛菊两开他日泪，孤舟一系故园心。④

寒衣处处催刀尺，白帝城高急暮砧。⑤

151

---

① 《秋兴》是杜甫在夔州时因秋遣兴而作的八首七律绝句。
② 玉露：秋天的霜露。　凋伤：树叶凋落、草木衰败。　巫山巫峡：泛指夔州（今奉节）
一带的长江和山峦峡谷。　萧森：萧瑟阴森。
③ 江间：指巫峡。　兼天涌：波浪滔天。　塞上：本指边关险要的地方。这里指夔州地
处偏远，地势险峻。　地阴：地面的阴暗气象。
④ 丛菊两开：两次见到菊花开放，即过了两个年头。　他日：往日。　一系：永系，一
直牵挂。　故园心：思乡之情，也指思念长安之情。
⑤ 催刀尺：催人赶制冬衣。　白帝：即白帝城，是三国刘备托孤处，位于今重庆奉节。
暮砧：黄昏时的捣衣声。砧，捣衣石。

秋 兴

其二

杜甫

千家山郭静朝晖，日日江楼坐翠微。①

信宿渔人还泛泛，清秋燕子故飞飞。②

匡衡抗疏功名薄，刘向传经心事违。③

同学少年多不贱，五陵裘马自轻肥。④

---

① 山郭：山城，山村。　江楼：指杜甫在夔州时所居西阁。　坐：坐看。　翠微：青绿的山色。

② 信宿：连续留宿两夜。　泛泛：在水上漂浮，指渔人夜夜捕鱼。　清秋：深秋。　故：不断。　飞飞：飞动的样子。

③ 匡衡抗疏：此处引用汉代匡衡数次上疏议论时事而被元帝赏识重用的典故，感叹自身上疏却遭贬谪。　刘向传经：汉宣帝时，刘向受命整理儒家经典。诗人以刘向自比，慨叹自己虽有整理经书的愿望，但事与愿违。

④ 不贱：显贵。　五陵：长安北郊五座汉代帝王陵墓，即长陵、安陵、阳陵、茂陵、平陵。这里指豪族所居之处。　轻肥：轻裘肥马，即豪贵生活。

秋　兴

其五

杜甫

蓬莱宫阙对南山，承露金茎霄汉间。①

西望瑶池降王母，东来紫气满函关。②

云移雉尾开宫扇，日绕龙鳞识圣颜。③

一卧沧江惊岁晚，几回青琐点朝班。④

---

① 蓬莱宫阙：宫殿名。唐高宗龙朔二年（662），将大明宫改名蓬莱宫。　南山：即终南山，主峰在长安之南。　承露金茎：汉武帝在建章宫建的金茎承露盘。这里借指唐朝皇宫。霄汉间：高入云霄，形容极高。
② 瑶池：神话传说中西王母的住地在昆仑山上。　紫气：祥瑞之气。《列仙传》写道，老子过函谷关时满身紫气。　函关：即函谷关，在今河南灵宝附近。
③ 云移：指宫扇像云彩般移动。　雉尾：即雉尾扇，一种用野鸡尾羽编成的宫中仪仗。　开宫扇：古时帝王登殿，羽扇障合，坐定后始开扇。　日绕龙鳞：皇帝衮袍上所绣的龙纹光彩夺目，如日光缭绕。　圣颜：皇帝的容貌。
④ 一：自从。　卧：病卧。　沧江：指长江。　岁晚：年末。这里指诗人已近晚年。几回：多次回想。　青琐：宫门上所刻连锁，饰以青色。这里指朝廷。　点朝班：上朝点名，官员按次入班。

秋兴

其七

杜甫

昆明池水汉时功，武帝旌旗在眼中。①

织女机丝虚夜月，石鲸鳞甲动秋风。②

波飘菰米沉云黑，露冷莲房坠粉红。③

关塞极天惟鸟道，江湖满地一渔翁。④

---

① 昆明池：汉武帝为增强水军力量，在长安西修建昆明池。遗址在今陕西西安。　武帝：汉武帝。这里代指唐玄宗。　旌旗：军旗。

② 织女：昆明池东西两岸设有牛郎、织女石像。　虚夜月：虚度美好的夜色。　石鲸：昆明池中的鲸鱼石刻。　动秋风：好像在秋风中游动。

③ 飘，一作"漂"。　菰米：即茭白，一种水生草本植物，秋天结实，状如米。　莲房：莲蓬。　坠粉红：莲花花瓣落下。

④ 关塞：险隘关口，指夔州。　极天：形容极高。　鸟道：唯飞鸟可越过的高峻险要道路。　江湖满地：到处漂泊，无所归途。　渔翁：捕鱼的人。这里是诗人自称。

月夜舟中^①

戴复古

满船明月浸虚空，绿水无痕夜气冲。^②

诗思浮沉樯影里，梦魂摇曳橹声中。^③

星辰冷落碧潭水，鸿雁悲鸣红蓼风。^④

数点渔灯依古岸，断桥垂露滴梧桐。^⑤

155

---

① 诗题又名《月中泛舟》《黄岩舟中》，一说作者是白玉蟾。
② 浸虚空：月色笼罩天空。　虚空：天空。　绿水无痕：形容水清浪静。　夜气：夜间
的清凉之气。　冲：弥漫。
③ 浮沉：出现。　樯影：帆影。　摇曳：摇摆不定。　橹：船桨。
④ 红蓼风：红蓼花开时的风。这里指秋风。红蓼，一年生草本植物，生在水边或水中，
花呈淡红色。
⑤ 渔灯：渔船上的灯火。　古岸：古老的岸边。

长安秋望 ①

赵嘏

云物凄清拂曙流，汉家宫阙动高秋。②

残星几点雁横塞，长笛一声人倚楼。③

紫艳半开篱菊静，红衣落尽渚莲愁。④

鲈鱼正美不归去，空戴南冠学楚囚。⑤

---

① 诗题又作《长安秋夕》《长安秋晚》。
② 云物：云雾，云彩。 凄凉：一作"凄清"。 拂曙：拂晓，天将亮。 流：流动，指拂晓的光在延伸。 汉家宫阙：借汉喻唐，指唐代宫殿。
③ 残星：清晨的星星。 雁横塞：大雁飞过边塞。横，飞过。
④ 紫艳：艳丽的紫色菊花。 红衣：红色的莲花瓣。 渚：水中的小块陆地。
⑤ 鲈鱼正美：引用《世说新语·鉴识篇》中的故事，晋人张翰在洛阳做官，因想起故乡鲈鱼正味美，便辞官回家了。这里表达了思乡之情。 南冠：即楚冠。因为楚国在南方，所以称楚冠为南冠。引用楚国钟仪被囚于晋国的典故，表现身不由己，难以归乡。

新秋^①

孙仅^②

火云犹未敛奇峰，欹枕初惊一叶风。^③

几处园林萧瑟里，谁家砧杵寂寥中？^④

蝉声断续悲残月，萤焰高低照暮空。^⑤

赋就金门期再献，夜深搔首叹飞蓬。^⑥

---

① 新秋：初秋。

② 孙仅，字邻几，蔡州汝阳（今河南汝南）人。北宋诗人。旧本写作杜甫诗，有版本还写为张耒作。

③ 火云：有彩云、火烧云、夏季炽热云彩等说法。 犹：还。 欹枕：倚靠在枕头上。欹，斜靠。 一叶风：秋风，一叶知秋。

④ 萧瑟：秋风吹拂树木所发出的声音，常指萧条。 砧杵：捣衣器具，砧为捣衣石，杵为捣衣棒。

⑤ 断续：断断续续。 萤焰：萤火虫尾上的光。 暮空：夜晚的天空。

⑥ 赋就：写成文章。 金门：金马门的简称，汉代官殿门，才能优异者待诏此门外。后世常以金马门作为官署的代称。 搔首：挠头。 飞蓬：随风飞旋的蓬草，比喻四处漂泊、无所依靠。

中秋

李朴①

皓魄当空宝镜升，云间仙籁寂无声。②

平分秋色一轮满，长伴云衢千里明。③

狡兔空从弦外落，妖蟆休向眼前生。④

灵槎拟约同携手，更待银河彻底清。⑤

158

---

① 李朴，字先之，虔州兴国（今江西兴国）人。宋代诗人。

② 皓魄：指月亮。魄，古人称月光初生或月色将灭时的微光为"魄"。　仙籁：仙境乐曲，比喻声音美妙。这里指风声。

③ 平分秋色：八月十五正值秋季之半，所以称平分秋色。一说月亮与大地平分它的光亮。　云衢：月亮在云间运行的轨迹。衢，四通八达的道路。

④ 狡兔：神话中月宫的玉兔，据说可以使月亮生光。　弦：分上弦月和下弦月，上弦月是月亮缺上半部分，下弦月是缺下半部分。　妖蟆：神话中月宫的蟾蜍，能够吞食月亮，使月亮出现圆缺变化。

⑤ 灵槎：仙槎。传说天河与海相通，人乘仙槎可通往天河。槎，竹筏。　拟约：打算邀请。　银河：这里比喻政治。

九日蓝田崔氏庄①
jiǔ rì lán tián cuī shì zhuāng

杜甫

老去悲秋强自宽，兴来今日尽君欢。②
lǎo qù bēi qiū qiǎng zì kuān　xìng lái jīn rì jìn jūn huān

羞将短发还吹帽，笑倩旁人为正冠。③
xiū jiāng duǎn fà hái chuī mào　xiào qìng páng rén wèi zhèng guān

蓝水远从千涧落，玉山高并两峰寒。④
lán shuǐ yuǎn cóng qiān jiàn luò　yù shān gāo bìng liǎng fēng hán

明年此会知谁健，醉把茱萸仔细看。⑤
míng nián cǐ huì zhī shuí jiàn　zuì bǎ zhū yú zǐ xì kàn

159

---

① 诗题一作《九日蓝田会饮》。　九日：即九月九日重阳节。
② 强：勉强。　自宽：自我安慰。　兴：兴致。　尽君欢：尽情与你欢乐。
③ 羞将短发：因为短发而不好意思。　吹帽：《晋书·孟嘉传》记载，重阳节时，桓温与帐下官僚游览龙山，风吹落孟嘉的帽子。桓温命孙盛写文章嘲笑他，孟嘉却神情自若。　倩：请，央求。　正冠：把帽子戴正。
④ 蓝水：蓝田溪谷里的水。　玉山：即蓝田山，因盛产玉石闻名。　两峰：指蓝田山和华山。
⑤ 此会：这样的聚会。　健：健康，健在。　把：拿，持。　茱萸：植物名，具有浓烈香味，可辟邪长寿，有重阳节佩茱萸的风俗。

秋 思

陆游

利欲驱人万火牛，江湖浪迹一沙鸥。①

日长似岁闲方觉，事大如天醉亦休。②

砧杵敲残深巷月，井梧摇落故园秋。③

欲舒老眼无高处，安得元龙百尺楼。④

① 利欲：追求利禄的欲望。　驱人：驱使人。　万火牛：战国时，燕国与齐国交战，燕国使齐国几近灭国，齐国大将田单在牛角上捆绑利刃，用火烧牛尾，大破燕军。这里指利欲可使人疲于奔命。　浪迹：到处漂泊，行踪不定。
② 日长似岁：度日如年。　方：才会，才能。　觉：察觉，意识到。　休：结束，忘了。
③ 井梧：井边梧桐树。　摇落：零落凋残。
④ 舒：舒展。　安得：哪里能够，如何能。　元龙：即陈登，三国时魏人，有扶世救民的志向。　百尺楼：引用《三国志·魏书·陈登传》记刘备对陈登的评价，借指抒发壮志的登临处。

南 邻^①

杜甫

锦里先生乌角巾，园收芋栗未全贫。^②

惯看宾客儿童喜，得食阶除鸟雀驯。^③

秋水才深四五尺，野航恰受两三人。^④

白沙翠竹江村暮，相送柴门月色新。^⑤

161

---

① 诗题一作《与朱山人》。
② 锦里先生：即朱山人，名希真，杜甫邻居。锦里，锦江附近。 乌角巾：一种四方有
角的黑色头巾，隐士常戴。 芋栗：芋头和栗子。 未全贫：不是特别贫困。
③ 阶除：台阶。 驯：驯服。
④ 野航：野外水道里航行的船只。 恰受：刚能承受。
⑤ 月色新：月亮刚出来。

闻 笛

赵嘏

谁家吹笛画楼中，断续声随断续风。①

响遏行云横碧落，清和冷月到帘栊。②

兴来三弄有桓子，赋就一篇怀马融。③

曲罢不知人在否，余音嘹亮尚飘空。④

---

① 画楼：雕梁画栋、装饰精美的楼阁。

② 响遏行云：笛声响彻云霄，阻挡了流动的云彩。　遏：阻止。　碧落：碧空，天空。
清和冷月：清冷柔和的月色。　帘栊：挂着帘子的窗户。

③ 三弄：三支曲子。　桓子：即东晋桓伊，擅长音乐。　马融：字季长，东汉人，好吹
笛，曾作《长笛赋》。

④ 曲罢：曲子结束。　尚：还。

冬 景①

刘克庄

晴窗早觉爱朝曦，竹外秋声渐作威。②

命仆安排新暖阁，呼童熨贴旧寒衣。③

叶浮嫩绿酒初熟，橙切香黄蟹正肥。④

蓉菊满园皆可羡，赏心从此莫相违。⑤

163

---

① 诗题一作《晚秋》。
② 朝曦：早晨的阳光。　秋声：秋天自然界的声音。　渐作威：逐渐猛烈。
③ 仆：仆人。　安排：陈设。　暖阁：设炉取暖的楼阁。　熨贴：把衣服熨平。
④ 叶浮嫩绿：新酒酒色像嫩绿的叶浮在上面一样鲜绿清亮。　橙切香黄：比喻初冬的螃
　蟹蟹黄肥美，如新切的橙子。
⑤ 蓉菊：木芙蓉，菊花。　可羡：值得玩赏。　赏心：愉快的心情。　莫相违：不相违背。

小至^①

杜甫

天时人事日相催，冬至阳生春又来。^②

刺绣五纹添弱线，吹葭六管动飞灰。^③

岸容待腊将舒柳，山意冲寒欲放梅。^④

云物不殊乡国异，教儿且覆掌中杯。^⑤

---

① 诗题一作《冬至》。 小至：冬至前一日，一说是冬至后一日。

② 天时人事：自然界的时序和人世间的事情。 日相催：逐日催促。 阳生：阳气上升。古人认为冬至阴气极盛而转衰，新的阳气刚刚产生。

③ 五纹：五色花纹。 添弱线：据《唐杂录》记载，唐代宫中根据日影长短安排纺织工作量。冬至后，白昼渐长，便增长工作量。弱线，细丝线。 吹葭六管：古代为了预测时令变化，将芦苇茎中的薄膜制成灰，放在十二乐律（分别代表一年的十二个月）的玉管内，每月节气到来，相应律管里的灰就自动飞出。六管，六玉管、六律。

④ 岸容：河边的物色。 腊：腊月。 舒：舒放，萌发。 冲寒：冲破寒气。 放：绽放。

⑤ 云物：景物。 不殊：没有区别。 乡国：故乡。 教：使，让。 覆：倒。

梅 花①

林逋②

众芳摇落独暄妍，占尽风情向小园。③

疏影横斜水清浅，暗香浮动月黄昏。④

霜禽欲下先偷眼，粉蝶如知合断魂。⑤

幸有微吟可相狎，不须檀板共金樽。⑥

---

① 诗题一作《山园小梅》。
② 林逋（bū），字君复，世称和靖先生，杭州钱塘（今属浙江）人。北宋诗人。他曾隐居杭州西湖，以植梅养鹤为乐，人称"梅妻鹤子"。
③ 众芳：百花。　摇落：凋落。　暄妍：原指天气晴和、景物明媚。这里写梅花鲜艳夺目。妍，娇艳。　风情：风采，风光。
④ 疏影：梅花稀疏的影子。　暗香：幽香，清香。　黄昏：形容月色朦胧。
⑤ 霜禽：白色的小鸟，指白鸥、白鹭类。　偷眼：偷看。　合：应该。　断魂：失魂落魄的样子。
⑥ 微吟：低声地吟唱。　相狎：亲近而态度不庄重。　檀板：演奏音乐时的檀木拍板。这里指音乐。　金樽：珍贵的酒杯。这里借指美酒。

左迁至蓝关示侄孙湘^①

韩愈

一封朝奏九重天，夕贬潮州路八千。^②

欲为圣明除弊事，敢将衰朽惜残年。^③

云横秦岭家何在，雪拥蓝关马不前。^④

知汝远来应有意，好收吾骨瘴江边。^⑤

166

---

① 诗题一作《自咏》，是韩愈被贬潮州的途中所作。　左迁：降职，贬官。　蓝关：即蓝田关，在今陕西西安蓝田县。　湘：韩愈的侄孙韩湘。

② 朝奏：奏折，指《谏迎佛骨表》。　九重天：古称天有九重，第九重最高。这里指皇帝。　潮州：一作"朝阳"，在今广东潮阳。　路八千：约数，指路途遥远。

③ 欲为：一作"本为"，想要。　圣明：一作"圣朝"，指天子。　弊事：一作"弊政"，有害的事，指唐宪宗不惜耗费国力迎佛骨一事。　敢：一作"肯"，岂敢。　衰朽：衰弱多病。　惜残年：爱惜晚年生命。

④ 秦岭：泛指陕西南部山岭。　拥：阻塞。

⑤ 汝：你，指韩湘。　应有意：应有所打算。　瘴江：泛指岭南河流。因岭南多瘴气，故称瘴江。

干戈[1]
gān gē

王中[2]

干戈未定欲何之？一事无成两鬓丝。[3]

踪迹大纲王粲传，情怀小样杜陵诗。[4]

鹡鸰音断人千里，乌鹊巢寒月一枝。[5]

安得中山千日酒，酩然直到太平时。[6]

167

---

① 干戈：干与戈，两种兵器。这里泛指战争。

② 王中，字积翁。南宋诗人。

③ 欲何之：想要到哪里去。之，去，到。　两鬓丝：鬓角长满白发。

④ 踪迹：脚印，足迹。　大纲：大致相同。　王粲：字仲宣，东汉末年人，生逢战乱，
虽富才华，但不受重用。　小样：略似。　杜陵：杜甫。杜甫常自称"少陵野老""杜
陵布衣"，后人遂称他杜陵或杜少陵。他的诗多感伤时事、忧国忧民之作。

⑤ 鹡鸰：一种鸟，比喻兄弟。　乌鹊：化用曹操《短歌行》"月明星稀，乌鹊南飞，绕
树三匝，何枝可依"，表达作者漂泊不定。

⑥ 千日酒：酒名。古代传说中山人狄希能造千日酒，饮后醉千日。　酩然：大醉的样子。

归 隐

陈抟[①]

十年踪迹走红尘，回首青山入梦频。[②]

紫绶纵荣争及睡，朱门虽富不如贫。[③]

愁闻剑戟扶危主，闷听笙歌聒醉人。[④]

携取琴书归旧隐，野花啼鸟一般春。[⑤]

[①] 陈抟（tuán），字图南，号扶摇子，亳州真源（今河南鹿邑）人。他是北宋著名的道学家，尊奉黄老之学，曾游峨眉山讲学。

[②] 红尘：人世间。　回首：回忆。　频：多次。

[③] 紫绶：古代系印章的丝带，官阶高者用紫色。这里指高官显贵。　纵荣：纵然荣耀。争及：怎及，怎么比得上。　朱门：古代王侯贵族大门上的漆多为红色。这里指豪富之家。

[④] 剑戟：两种兵器。这里借指武力。　危主：处于危难之中的君主。　闷听：厌烦听。聒：嘈扰，吵闹。

[⑤] 旧隐：以前隐居的地方。

山中寡妇①

杜荀鹤②

夫因兵乱守蓬茅，麻苎衣衫鬓发焦。③

桑柘废来犹纳税，田园荒后尚征苗。④

时挑野菜和根煮，旋斫生柴带叶烧。⑤

任是深山更深处，也应无计避征徭。⑥

169

---

① 诗题又作《时世行》《时世行赠田妇》。

② 杜荀鹤，字彦之，号九华山人，池州石棣（今安徽石台）人。晚唐诗人。其诗语言通
俗，风格清新，自成一家，后人称"杜荀鹤体"。

③ 夫：丈夫。　蓬茅：茅草盖的房子，形容住宅极为简陋。　麻苎：即苎麻。这里指粗
麻布。　鬓发焦：头发干枯。

④ 废来：荒废。　纳税：交税。　征苗：征收青苗税。田赋的一种附加税，在粮食未熟
前征收。

⑤ 和根：带着根。　旋：不久，马上。　斫：砍。　生柴：没有干的湿柴。

⑥ 任是：即使是，任凭是。　无计：没有办法。　征徭：强出实物叫征，强出劳力叫徭。
此处指赋税和徭役。

送天师 ①

朱权 ②

霜落芝城柳影疏，殷勤送客出鄱湖。③

黄金甲锁雷霆印，红锦韬缠日月符。④

天上晓行骑只鹤，人间夜宿解双凫。⑤

匆匆归到神仙府，为问蟠桃熟也无？⑥

170

① 天师：对道教教主的尊称。这里指明初道士张正常，被太祖皇帝授正一嗣教真人。
② 朱权，明太祖朱元璋第十七子，别号臞仙、涵虚子等，文武皆通，善于谋略。谥号"献"，史称"宁献王"。
③ 芝城：地名，因城北有芝山得名，在今江西鄱阳。　鄱湖：即鄱阳湖。
④ 黄金甲：金色精美的印斗外套。　锁：潜藏。　雷霆印：形容威力巨大的印。　红锦韬：装符表的红丝套。韬，袋子。　日月符：指神通可通日月的符箓。
⑤ 鹤：仙鹤，仙人坐骑。　双凫：拥有法力的木鞋。引用《后汉书·王乔传》中典故。
⑥ 神仙府：对张正常住所的美称。　蟠桃：神话传说中的仙桃。

送毛伯温①

朱厚熜②

大将南征胆气豪，腰横秋水雁翎刀。③

风吹鼍鼓山河动，电闪旌旗日月高。④

天上麒麟原有种，穴中蝼蚁岂能逃？⑤

太平待诏归来日，朕与先生解战袍。⑥

171

---

① 毛伯温：字汝厉，吉水人，为兵部尚书兼右都御史，屡有战功。
② 朱厚熜（cōng），即明世宗，年号嘉靖，明代第十一位皇帝。他在书法和文辞修养方面颇有造诣，史书称其"中兴之主"。
③ 大将：指毛伯温。　南征：嘉靖帝派毛伯温平定安南叛乱。　横：悬挂。　秋水：形容刀剑如秋水般明亮闪光。　雁翎刀：形状如大雁羽毛般的刀。
④ 鼍鼓：用扬子鳄皮做成的战鼓。鼍，扬子鳄。
⑤ 麒麟：传说中的瑞兽。这里指安南王族。　蝼蚁：蝼蛄和蚂蚁。这里比喻安南叛军。
⑥ 诏，皇帝的诏令。　朕：皇帝自称。先秦时人人可自称"朕"，秦始皇后"朕"成为帝王自称。　先生：指毛伯温。